Okt. 2002 € 7,90

rororo

ro
ro
ro

Felix Huby wurde 1938 in der Nähe von Tübingen geboren. Nach einigen Jahren als Stuttgarter *Spiegel*-Korrespondent begann er 1976, Kriminalromane zu schreiben. Mit dem schwäbischen Gemütsmenschen Bienzle schuf er einen der beliebtesten deutschen Krimihelden. Außerdem verfasste er Sachbücher, Kinderkrimis und zahlreiche Drehbücher (u. a. «Oh Gott, Herr Pfarrer», «Ein Bayer auf Rügen» und mehrere «Tatorte»). 1999 erhielt er von der Vereinigung der deutschen Krimiautoren für sein Gesamtwerk den Ehrenglauser. Huby lebt in Berlin.

Felix Huby

BIENZLE

Bienzle im Reich des Paten

Roman

Rowohlt Taschenbuch Verlag

Originalausgabe
Veröffentlicht im Rowohlt Taschenbuch Verlag GmbH,
Reinbek bei Hamburg, Oktober 2002

Redaktion Andreas Feßer
Umschlaggestaltung any.way, Kathrin Romer
(Foto: SWR)
Satz Aldus PostScript, QuarkXPress 4.2
ETO, Hamburg
Druck und Bindung Clausen & Bosse, Leck
Printed in Germany
ISBN 3 499 23208 1

Die Schreibweise entspricht den Regeln
der neuen Rechtschreibung.

Erster Tag

Bienzle reiste mit kleinem Gepäck. Deshalb musste er auch nicht am Gepäckband auf seine Koffer warten, als er auf dem Flughafen Tegel eingetroffen war. Er trat in die Halle hinaus und quetschte sich durch eine Reihe wartender Passagiere, die am Nebenschalter abgefertigt wurden. Als er das letzte Mal in Berlin gewesen war, hatte die Mauer noch gestanden. Die Stadt hatte damals etwas Idyllisches gehabt in ihrer Eingeschlossenheit. Das war jetzt fünfzehn Jahre her.

Die Busfahrer waren offenbar die gleichen geblieben. Als Bienzle einstieg und fragte: «Fahren Sie über den Adenauerplatz?», antwortete ihm der Fahrer: «Det hatte ick eijentlich vor.» Bienzle grinste ihn freundlich an und reichte ihm einen Fünfeuroschein. «Dann hätt ich gern einen Fahrschein bis dahin, bitte.»

Stumm deutete der Fahrer auf ein handgeschriebenes kleines Schild: *Fahrpreis bitte passend bereithalten.*

«Und wenn ich's nun nicht passend habe?»

«In zwanzig Minuten fährt wieder ein Bus», gab der Fahrer zurück.

Bienzle kramte in den Tiefen seiner Jacken- und Hosentaschen. «Was kostet's denn nun?», fragte er währenddessen.

«A/B eben!»

«Zwo zehn», kam ihm ein Fahrgast, der in der zweiten Reihe saß, zu Hilfe. Bienzle prüfte, was außer ein paar Papierschnipseln, grauen Stoffflusen und einem Fetzen Staniolfolie von einer Kaugummipackung auf seiner Handfläche lag. Es reichte.

«Warum nicht gleich so?», brummte der Busfahrer und riss einen Fahrschein aus seinem kleinen Drucker neben dem Schalthebel.

Bienzle stieg die schmale Wendeltreppe zum Oberdeck des Doppeldeckers hinauf. In der ersten Reihe war noch Platz. Mit einem leisen Seufzer ließ er sich auf das harte Polster sinken.

Jetzt hatte es ihn also nach Berlin verschlagen. Ausgerechnet ihn, der am liebsten in seiner Heimat lebte und arbeitete – dort, wo ihm die Menschen und die Landschaften vertraut waren. Hier war ihm alles fremd. Und nur weil ein Schwabe, den er eigentlich eher beiläufig kennen gelernt hatte, jetzt in Berlin den großen Zampano spielte, sollte er nun hier in Berlin ermitteln. Amtshilfe nannte man das. Bienzle versuchte sich zu erinnern, wann das letzte Mal ein Berliner Kollege in seiner Abteilung zu Gast war, aber es fiel ihm nicht ein. Rechts tauchte das Schloss Charlottenburg auf. Wenn ich Zeit hab, dachte Bienzle, geh ich da mal in eine Ausstellung.

Der Bus fuhr durch die Kaiser-Friedrich-Straße. Graue Häuser links und rechts, kleine Geschäfte. Alle zehn Meter parkte ein Auto in der zweiten Reihe und behinderte den Verkehr. Niemand schien das tragisch zu nehmen, nicht einmal der Busfahrer, der sein Fahrzeug souverän und ohne die Geschwindigkeit zu vermindern durch die schmalsten Lücken manövrierte.

Stefan Seyboldt war vor vier Jahren nach Berlin gezogen. Nichts Besonderes in jenen Tagen; Künstler taten es, Journalisten, Politiker, Lobbyisten. Auch einem Mann, der seine Geschäfte jenseits der Legalität machte, bot sich hier ein interessantes Feld. In Stuttgart hatte er die Prostitution beherrscht und einen Teil des Rauschgiftgeschäftes, aus dem ihn die Albaner dann aber verdrängt hatten. In Berlin war er ins Waffengeschäft gewechselt. Es galt als offenes Geheimnis, dass er mit den gewaltigen Beständen aus alten Waffenlagern der sowjetischen Armee und der aufgelösten NVA weltweit im großen Stil Geschäfte machte, ohne sich allzu sehr durch das deutsche Kriegswaffenkontrollgesetz behindern zu lassen. Die Währungen, in denen er sich bezahlen ließ, so hieß es, seien neben Dollar und Euro auch Kokain und Heroin. Aber das alles konnte man ihm so wenig beweisen wie den Verdacht, dass eine Mordserie, die in den vergangenen Monaten Berlin in Angst und Schrecken versetzt hatte, auf sein Konto ging.

Bienzle war der Einzige, dem es bisher gelungen war, Seyboldt dingfest zu machen. Dessen Verhaftung und Verurteilung galt als einer der großen Erfolge des schwäbischen Kommissars. Dabei hatte er damals eigentlich in einem Mordfall ermittelt, und Seyboldt konnte er nur wegen Bestechung, Steuerhinterziehung und Betrug überführen. Den Mord freilich hatte er ihm nie nachweisen können, und das wurmte Bienzle bis heute.

Norbert Maletzke saß in einem kurzärmeligen Hemd hinter seinem Schreibtisch, die nackten Arme lagen auf der Tischplatte, die Hände hatte er ineinander verschränkt, die Ellbogen weit ausgestellt. Seine dunklen Augen sahen Bienzle wach, aber ohne eine Spur von Arroganz an. Die leicht vorgebeugten Schultern wirkten wuchtig. Jetzt löste er die Hände, stemmte sich an der Schreibtischkante hoch und reichte dem Gast aus Stuttgart die Rechte. Sein Händedruck war zupackend und fest.

«Sie haben die Akte Seyboldt gelesen?» Bienzle nickte. «Und Sie kennen den Mann?»

Wieder nickte Bienzle. Eine seltsame Situation. Kaum hatte er das Büro des Ersten Kriminalkommissars Norbert Maletzke betreten, sah er sich dessen Fragen ausgesetzt wie ein Tatzeuge. Aber da änderte sein Berliner Kollege auch schon den Ton. Er seufzte.

«Hätten Sie ihn doch in Stuttgart behalten.»

«Bei uns war ihm die Welt zu klein.»

Bienzle setzte sich auf den harten Holzstuhl vor Maletzkes Schreibtisch. Eine Sitzecke gab es hier nicht. Offenbar musste man in Berlin noch mehr sparen als in Stuttgart. Klar, man las es ja in den Zeitungen. Berlin war arm. Die Stadt hatte fast ein halbes Jahrhundert lang bezahlten Urlaub vom Kapitalismus gemacht, und die Verantwortlichen hatten zu spät gemerkt, wie sehr sie über ihre Verhältnisse lebten.

«Kommen Sie, gehen wir ein Bier trinken!» Maletzke angelte seine Jacke von der Lehne seines Stuhls.

Als sie auf die Straße hinaustraten, hatte der Nieselregen aufgehört, die Wolkendecke war aufgerissen, über Berlin zeigte sich ein Stück blauer Himmel. «Na herrlich», sagte Maletzke, «da kann man ja draußen sitzen.»

Bienzle sah seinen Kollegen verständnislos an. «Bei den Temperaturen? Wer stellt den da seine Stühl 'naus?»

«Jeder Wirt, der vor seinem Laden einen Quadratmeter Trottoir ergattern kann.»

Sie gingen zum Stuttgarter Platz, dessen Name Maletzke

Bienzle zuliebe voll aussprach, obwohl er sonst wie alle Berliner nur Stutti sagte.

Eine seltsame Mischung war das. Vor einem heruntergekommenen gelben Haus, das sich als *Hotel Astor* ausgab, saßen dunkelhäutige Asylbewerber auf den Treppenstufen und rauchten dumpf und schweigend vor sich hin. Auf der anderen Straßenseite promenierten vier oder fünf Nutten. Dann plötzlich ein nobles italienisches Feinkostgeschäft, eine Kneipe, vor der Alt-68er hinter ihrer *taz* saßen, ein kleines Kino und ein Bistro, dessen Bedienung nun auch Tische und Stühle auf dem breiten Gehsteig aufstellte.

Maletzke setzte sich an einen der Tische, zog seine Jacke aus und hängte sie über einen zweiten Stuhl. Bienzle ließ sich ebenfalls nieder, zog seinen Mantel dichter um die Schultern und drückte den Hut fest auf den Kopf. Ein unangenehmer Wind pfiff durch die Straße und trieb welke Laubblätter, Zeitungsfetzen und bunte Papierschnipsel vor sich her.

Bevor er nach Berlin geflogen war, hatte sich Bienzle über Maletzke informiert. Ein junger Staatsanwalt, der in Berlin studiert hatte, war als Praktikant bei der Mordkommission 7 gewesen, der Maletzke vorstand. In seiner Stimme klang Bewunderung mit, als er sagte: «Maletzke ist in erster Linie ein analytischer Denker, aber er kann auch ausgesprochen geschickt seine Intuition einsetzen.»

Der Berliner Kommissar kam ohne große Vorrede zur Sache. «Am Sonntagmorgen haben zwei Männer mit Maschinenpistolen einen Russen namens Polnikow erschossen, als er mit seiner Frau aus der russisch-orthodoxen Kirche kam. Polnikow hatte zwei Bodyguards dabei, aber einer küsste grade den Ring des Priesters und der andere war schon zum Wagen vorausgegangen. Und Frau Polnikowa stieg in den Wagen und fuhr davon, ohne sich einmal nach ihrem verblutenden Mann umzusehen, gerade so, als sei etwas Erwartetes eingetreten.»

«Könnt ja sein», sagte Bienzle. Er hatte eine grüne Berliner Weiße bestellt und ärgerte sich jetzt, als er an dem Strohhalm nuckelte und das süße Zeug seinen Gaumen verklebte. «Ich hab ganz vergessen, wie scheußlich das schmeckt», sagte er.

«Polnikow war Seyboldts größter Rivale», sagte Maletzke. «Wir sind sicher, dass Seyboldt dahinter steckt.»

«Kann man ihn nicht unter irgendeinem Vorwand festnehmen und ihm dann richtig einheizen?»

Maletzke lachte unfroh. «Der Mann hat es hier in Berlin zu hohem Ansehen gebracht. Der spielt mit einem Staatssekretär Golf, geht zum gleichen Prominentenfriseur wie der Regierende Bürgermeister. Und er hat eine hohe Funktion bei der Industrie- und Handelskammer. Bei Ihnen mag er ja noch ein Zuhälter gewesen sein. Hier ist er ein Kaufmann, der sehr viel Geld verdient und der Stadt eine Menge Steuern zahlt.»

Bienzle nickte. Er konnte sich das durchaus vorstellen. Mit spitzen Fingern schob er das Glas mit der Bierbrause von sich. «Kann man hier auch einen ordentlichen Wein kriegen?»

«Einen Gavi gibt's, also das, was vor einem Jahr der Soave war, davor der Pinot Grigio und da davor der Frascati.»

«Schon verstanden», sagte Bienzle und bestellte einen halben Liter Gavi. Die Bedienung versicherte sich: «Haben Sie einen halben Liter gesagt?» Bienzle nickte nur. Er hatte am Nebentisch gesehen, dass der Wein in 0,1-Gläsern serviert wurde.

Maletzke bestellte sich noch ein Bier. Aus seiner Jackentasche zog er eine kurze Pfeife und steckte sie in den Mund, ohne sie zuvor gestopft zu haben. «Ich hab mir das Rauchen abgewöhnt», sagte er und sah Bienzle an, als ob er sich dessen Gesicht einprägen müsste. «Ich freue mich, dass Sie nach Berlin gekommen sind.» Maletzke kaute auf seinem Pfeifenmundstück herum. «Manchmal hat ja jemand von außen einen ganz anderen Blick auf die Dinge, und vielleicht bringt uns das endlich weiter.»

«Ich weiß nicht. Seyboldts letztes Opfer in Stuttgart war ein Mitgefangener in Stammheim, den ich gut gekannt habe. Bernhard Stelzer. Ein Kleinkrimineller. Ich habe den Fehler gemacht, ihn als Spitzel auf Seyboldt anzusetzen, und das verzeih ich mir nie.»

«Wollen Sie's mir erzählen?»

Bienzle knöpfte seinen Mantel auf. Die Sonne wärmte ihn nun doch. Er streckte die Beine weit von sich, stieß den Hut mit dem Zeigefinger ein wenig aus der Stirn und streckte die Beine weit von sich. «Ich müsst aber a bissle ausholen.»

Bienzle hatte Berni Stelzer immer wieder mal besucht, wenn er im Gefängnis zu tun hatte, und den zierlichen kleinen Mann ins Herz geschlossen. Bernhard Stelzer war gelernter Feinmechaniker. Aber was er dabei an Wissen erworben hatte, setzte er im Wesentlichen ein, um Schlösser aufzubrechen: Spindschlösser in den Umkleidekabinen des örtlichen Tennisvereins, Schlösser von Wochenendhäusern, kleinen Werkstätten oder von Autos, in denen verlockende Dinge lagen.

Berni selbst hielt sich für einen Gentleman. Nie hätte er Ausweispapiere der Bestohlenen weggeworfen. Er fand immer einen Weg, sie den Eigentümern zurückzugeben. Persönliche Notizen oder private Briefe ignorierte er. Drang er in eine Wohnung ein, achtete er darauf, dass er die Asche in einem Aschenbecher abstreifte. Die Kippe drückte er sorgfältig aus.

Aber Berni Stelzer machte auch Fehler. Zum Beispiel, als er eines Nachts in die Villa eines Richters einbrach. Er wurde von einem Nachbarn beim Verlassen der Wohnung überrascht und gestellt.

Ein Kollege des bestohlenen Richters führte den Strafprozess gegen den kleinen Mann mit aller Härte und ging sogar über das vom Staatsanwalt geforderte Strafmaß hinaus. Hauptkommissar Bienzle hatte den Prozess damals verfolgt, weil Berni Stelzer einer seiner Informanten aus dem Milieu war.

Als der Richter verkündete, Berni müsse für drei Jahre ins Gefängnis, entfuhr es Bienzle laut: «Ja, da könnt dr doch dr Arsch schwätza!» Und so bekam auch er gleich noch sein Fett weg, in Form einer Ordnungsstrafe über 200 Mark (das alles war lange vor der Eurozeit). Prompt fühlte er sich solidarisch mit dem kleinen Gentleman aus Sebastiansweiler.

Manchmal, wenn der Kommissar nach einer Vernehmung ein bisschen mehr Zeit hatte, setzte er sich mit Berni auf den harten Stühlen in der Raucherecke des Knasts zusammen, dort, wo zwei graublättrige Gummibäume Gemütlichkeit signalisieren sollten, tatsächlich aber die Tristesse des Raumes nur noch verstärkten, der durch ein Quadrat aus Glasbausteinen in der Mauer nur ein diffuses Licht erhielt. Berni hielt seine Zigarette zwischen den Kuppen von Daumen und Zeigefinger und ließ seinem Redefluss freien Lauf. Der Kommissar unterbrach den kleinen Mann nur, um zwischendurch am Automaten ihre Pappbecher mit neuem Kaffee zu füllen.

Berni Stelzer war kein junger Mann mehr. Seine schütteren Haare wurden von grauen Strähnen durchzogen. Seine gelbliche Gesichtsfarbe glich der aller Gefangenen, die ja viel zu wenig an die Luft kamen. Die tief liegenden Augen waren von einem wässrigen Grau. Aber sie schauten hellwach unter den dünnen Augenbrauen hervor. Und zahllose kleine Fältchen, die wie Fächer um die Augenwinkel standen, gaben dem Gesicht ein listiges Lächeln. Berni sprach hochdeutsch, beziehungsweise das, was er dafür hielt. Schließlich war er in der Welt herumgekommen.

«Mit sechzehn hat mich mein Vater hinausg'schmissen. Er hat gesagt, in der Natur sei es auch so, dass man das unnützeste Tier aus dem Rudel raustue!» Bienzle schüttelte fassungslos den Kopf, aber Berni bemühte sich sofort, seinen Vater in Schutz zu nehmen. «Er hat ja Recht g'habt!»

«Muss ein richtiger Gemütsathlet gewesen sein, Ihr Vater.» Bienzle hatte sich nie darauf eingelassen, Berni Stelzer zu duzen, obwohl er ihn nur mit dem Vornamen anredete. «Herr Stelzer» wäre ihm dann doch etwas unpassend vorgekommen.

«Na ja, wir sind sieben Kinder gewesen, mein Vater hat seine Stütze in der Regel versoffen, und meine Mutter war da schon zu ihrer Mutter gezogen, nach Bodelshausen 'nüber. Aber viel Zeit hat sie nicht mehr gehabt. Sie ist kurz drauf gestorben. Wahrscheinlich hat sie längst gewusst, dass sie Krebs hatte. Nur geredet hat sie nicht darüber.»

«Und Ihr Vater, lebt der noch?»

«Ja sicher. Heut ist er fromm, liest jeden Morgen 's Abrissblättle vom Neukirchener Kalender, und sonntags singt er so laut in der Kirch, dass er alle anderen drausbringt.»

Bienzle musste unwillkürlich lächeln. «Haben Sie noch Kontakt mit ihm?»

Berni schüttelte den Kopf. «Das erzählt mir alles meine jüngste Schwester, die Bärbel. Sie besucht mich manchmal. Also natürlich nicht hier drin im Knast, bloß wenn ich zufällig amal wieder eine Weile draußen bin.»

«Verstehen Sie sich gut mit ihr?»

«Sie war immer die Einzige, die zu mir g'halten hat. Immer! Egal was passiert ist.» Seine Augen leuchteten plötzlich. «Wir waren unzertrennlich. Und wie mich mein Vater rausgeschmissen hat, ist sie auch gegangen.»

«Und warum besucht die Bärbel Sie nicht hier im Knast?»

«Sie kriegt Platzangst, Atemnot, ich weiß ned, es gibt irgend so einen Fachausdruck dafür ...»

Bienzle nickte. «Klaustrophobie.»

«Ja, genau. – Dabei bin ich ja auch wegen ihr hier drin.»

«Wie bitte?»

«Ja meinen Sie, ich hätt das alles bloß für mich gemacht? Die Diebstähle, die Einbrüch' und das alles. Wie die Bärbel ihr Kind gekriegt hat, hab ich gesagt, ich helf dir, und das hab ich auch gemacht.»

«Aber mit Ihrem bissle Beute und den paar Mark, die Sie von uns für Ihre Informationen gekriegt haben ...»

«Zum Glück seid ihr Bullen ja ned ganz so clever, wie ihr immer tut!» Plötzlich wirkte Berni fast schon selbstgefällig.

Bienzle hob abwehrend beide Hände. «Genauer möcht ich's bitte gar nicht wissen.» Sein Handy klingelte, er meldete sich, hörte zu, machte Berni gegenüber eine bedauernde Geste und sagte schließlich, nachdem er das Telefon abgeschaltet hatte: «Ja, tut mir Leid, ich muss ganz schnell weg. Des war mein Kollege Gächter. Wir sind da an einem ganz kniffligen Fall.»

Berni war seine Enttäuschung anzusehen, als er nun aufstand. Er hätte gerne noch ein bisschen über sich, seine Schwester und das Leben geredet. Und Bienzle bekam prompt ein schlechtes Gewissen, hatte er doch Gächter extra gebeten, ihn anzurufen, damit er einen Vorwand hatte, von Stelzer loszukommen.

Als der Kommissar durch das Stahltor hinausging, zog sich das Licht über der Stadt schon zurück. Die dichten Stacheldrahtreihen über der Betonmauer hoben sich schwarz vor dem hellgrauen Himmel ab. Es war ein grauer Novembertag. Vom Himmel nieselte ein so feiner Regen, dass man ihn nicht einmal sehen konnte.

Die Glocke rief zum Abendessen. Berni reihte sich in den Strom seiner Mitgefangenen ein und ließ sich auf den Speisesaal zutreiben. Plötzlich war ein Mann neben ihm, der ihn um einen Kopf überragte und dessen Oberarmmuskeln die Ärmel des T-Shirts bis zum Äußersten spannten. «Das war doch gerade der Bienzle von der Kripo, mit dem du da geredet hast.» Berni musste zu dem großflächigen Gesicht des anderen hinaufsehen. Natürlich wusste er, wer ihn da angesprochen hatte. Carl de Winter rangierte in der Knast-Hierarchie ziemlich weit oben. Berni zog es vor, erst mal gar nichts zu sagen.

«Kennst du ihn gut?»

«Geht so!»

«An meinem Tisch wär noch ein Platz frei», sagte de Winter.

Berni sah den anderen überrascht an. Dort waren die Platzhirsche versammelt. So einer wie er durfte allenfalls an den Tisch, um ihn sauber zu machen und das Geschirr abzutragen. «Ist das eine Einladung?», fragte Berni.

«Es gäb was zu besprechen.»

Berni registrierte sehr wohl, wie ihn jene Gefangenen, mit denen er sonst am Tisch saß, misstrauisch beäugten, als er nun neben Carl de Winter Platz nahm.

Zunächst wurde nicht gesprochen. Berni genoss es, dass er mit einem Mal zu den Ersten gehörte, die ihr Essen bekamen. Es war sogar noch richtig warm, die Portionen waren größer, und überrascht schmeckte er den Tee, der offensichtlich durch einen ordentlichen Schuss Rum veredelt worden war. Ihm gegenüber saß Rocky. Sie nannten ihn hier so, weil er ein erfolgreicher Boxer gewesen war. Aber Rocky war nicht wichtig. Er diente Stefan Seyboldt nur als Bodyguard.

Seyboldt, der draußen eine richtig große Nummer gewesen war, galt hier als der Chef im Ring. Carl de Winter war seine rechte Hand, Rocky hielt ihm die Knackis und die Vollzugsbeamten vom Hals, und dann war da noch der Professor, der in Wirklichkeit zwar nur einen Doktorgrad besaß, für Seyboldt aber unentbehrlich zu sein schien.

Der Professor war ein Rechengenie und betrieb hier drin ein gut gehendes Geschäft mit Wetten. Er hatte lebenslänglich bekommen, weil er seine Frau umgebracht hatte, nachdem sie die Festplatte seines Laptops komplett gelöscht hatte.

Seyboldt selbst saß wegen aktiver Bestechung, Betrug und Steuerhinterziehung, und jeder wusste, dass ihn die Staatsanwaltschaft nur deshalb wegen dieser Delikte vor Gericht gebracht hatte, weil sie ihn wegen seiner schlimmeren Verbrechen nicht anklagen konnte. Bienzle hatte ihn wegen des Verdachts festgenommen, den Besitzer eines illegalen Spielsalons ermordet zu haben. Aber diese Tat war ihm nicht nachzuweisen gewesen.

Vier Jahre hatte er kassiert. Zweieinhalb waren um, und in den nächsten Wochen sollte er wegen guter Führung entlassen werden.

«Was erzählt dir denn der Bienzle so?», wollte Seyboldt wissen.

«Er hört mir eher zu.»

«Vielleicht interessierst du dich nicht genug für das, was bei ihm so läuft.»

«Und an was denkst du da so?»

«Frag ihn halt mal, welcher Fall ihn zurzeit am meisten beschäftigt», sagte Seyboldt.

«Na ja, das weiß ich schon.»

«Und?»

«Der Mord an einem Bilderhändler …»

«Galeristen», korrigierte der Professor.

«Und du meinst wirklich, er kommt nur wegen dir …?»

«Deinetwegen», korrigierte der Professor.

«Hat er dich nie nach mir gefragt?»

«Bis jetzt nicht.»

«Na, umso besser. Was erzählt er denn über den Mord an dem Galeristen?»

«Es sei gar nicht um dem seine Bilder gegangen.»

«Sondern?»

«Die Bilder seien nur Transportmittel gewesen für … was weiß ich? – Rauschgift oder Schwarzgeld. Hat mich nicht so interessiert. Warum willst du das alles wissen?»

«Weil ich neugierig bin. Und eines noch: Wenn du willst, dass es dir hier drin weiter gut geht, redest du keinen Ton mit dem Bullen über unsere kleine Unterhaltung.»

«Ist das klar?», schob Rocky nach und ließ die Fingergelenke bedrohlich knacken.

In der Nacht darauf fand Berni Stelzer kaum Schlaf. Stundenlang starrte er zu dem streifendurchzogenen Lichtfeld hinauf, das von den grellhellen Bogenlampen durch das vergitterte Fenster in die Zelle geworfen wurde. Sollte er Bienzle von dem Gespräch erzählen? Was hatte Seyboldt für ein Interesse an dem Tod des Bilderhändlers? Berni war nicht so naiv zu glauben, dass ein Mann wie Seyboldt im Knast daran gehindert werden könnte, seinen Geschäften nachzugehen. Und auch wenn er draußen einen umlegen wollte, fand er garantiert immer einen Weg. Er durfte sich Seyboldt auf keinen Fall zum Feind machen.

Prompt fiel ihm Horst Sablewski aus der Gefängniswäscherei ein. Der hatte Seyboldts Rauschgiftgeschäfte hier im Knast auffliegen lassen. Am andern Tag starb er in der Trommel der größten Waschmaschine, und es konnte nie geklärt werden, wie er da reingekommen war. Auch Seyboldts Drogengeschäfte schienen plötzlich niemanden mehr zu interessieren.

Zwischen Bienzles Besuchen bei Berni Stelzer lagen oft mehrere Wochen. Diesmal aber kam er schon am übernächsten Tag wieder.

Er brachte Berni Stelzer eine Stange Zigaretten und einen Roman von Jürgen Alberts mit.

Bienzle spürte sofort, wie angespannt Berni war. «Ist was passiert?», fragte der Kommissar.

«Nee, warum … na ja, ich schlaf ein bisschen schlecht die letzten Nächte.»

Sie hatten noch kaum zwischen den tristen Gummibäumen Platz genommen, als nacheinander der Professor und Rocky vorbeistrichen. Bienzle beobachtete die beiden aus den Augenwinkeln heraus. Rocky lehnte sich ein Stück den Korridor hinunter gegen die Wand, sah ungeniert zu ihnen herüber und zündete sich eine Zigarette an.

«Sieht so aus, als gäb's ein Problem», sagte Bienzle. «Soll ich versuchen, ob Sie verlegt werden können, Berni?»

Berni schüttelte stumm den Kopf und sah auf die abgestoßenen Spitzen seiner Schuhe hinab.

«Sie sind auch schon mal gesprächiger gewesen», meinte Bienzle.

«Kann schon sein.»

Bienzle beugte sich weit vor und legte seine Unterarme auf seine gespreizten Knie. «Der dort drüben», sagte er leise, «ist doch der Geherda vom Seyboldt.»

Berni lachte kurz auf. «‹Geherda›, das hab ich jetzt auch schon lang nimmer g'hört.»

«Ich will's Ihnen offen sagen, ich bin heut mehr wegen dem Seyboldt da als wegen Ihnen.»

Bernis Kopf fuhr ruckartig hoch. In seinen Augen stand Panik. Er hatte sowieso von Anfang an Mühe gehabt, sich zu beherrschen. «Scheiße!», zischte er leise.

Bienzle begriff. «Hat's der Seyboldt also geahnt?»

«Ich weiß nicht. Jedenfalls bin ich für ihn auf einmal 'ne wichtige Nummer!»

«Tja, ich fürchte, das haben Sie unserer Freundschaft zu verdanken.» Bienzle rückte etwas näher und sprach nun noch leiser. «Morgen wird hier der Josef Serkiniadse eingeliefert. Er ist Georgier, lebt aber schon lange in Deutschland. Serkiniadse steht unter dem dringenden Tatverdacht, den Galeristen Müllerschön umgebracht zu haben.»

«In Seyboldts Auftrag?», presste Berni heraus.

Bienzle machte eine unbestimmte Bewegung.

Berni Stelzer war plötzlich kalt. Er zog die dünne graue Anstaltsjacke enger um die Schultern. «Aber die U-Häftlinge sind in einem anderen Trakt.»

«Ja, aber der ist überfüllt. Zwei, drei Tage lang muss der Serkiniadse hier untergebracht werden. Er kommt in die Zelle neben Ihnen.»

«Ich soll ihn aushorchen?»

«Mit ihm reden, wenn sich's ergibt. Wenn nicht, lassen Sie's!»

Bienzle fühlte sich nicht wohl bei seinem Spiel. «Übrigens, Sie kommen in vierzehn Tagen raus. Wegen guter Führung!»

«Was nützt mir das, wenn ich tot bin», sagte Berni.

Am nächsten Morgen geschah nichts, obwohl Berni in jeder Minute damit rechnete. Erst beim Hofgang schloss Carl de Winter plötzlich zu ihm auf. Nachdem er zwei Runden stumm neben Berni gegangen war, sagte er: «Deine Schwester heißt Bärbel, stimmt's?» De Winter erwartete keine Antwort. «Sie soll ziemlich hübsch sein», fuhr er fort.

Berni sagte nichts.

«Und wir wollen doch auch, dass es so bleibt, oder?»

Jetzt nickte Berni.

«Und du weißt, was du dafür tun musst?»

«Ich hab keine Ahnung!»

«Gut, dann erklär ich's dir: Du sollst für den Bullen Josef Serkiniadse aushorchen, und wenn du etwas erfährst, es ihm dann brühwarm mitteilen, stimmt's?»

«Davon hat er kein Wort gesagt.»

De Winters Ellbogen schoss blitzartig zur Seite und traf

Berni knapp unter dem ersten Rippenbogen. Berni knickte ein und japste nach Luft.

«Lüg nicht», zischte de Winter.

«Kann ja sein, dass er das noch von mir verlangt.»

«Das hört sich schon besser an.»

«Und, was soll ich sagen?»

«Erst soll mal der Bulle dir was sagen. Du musst doch wissen, warum du Serkiniadse aushorchen sollst.»

«Verstehe!»

«Na, prima!»

Als sie vom Hofgang zurückkamen, bezog Josef Serkiniadse gerade die Zelle neben Berni Stelzer. Er war ein schlanker, hoch gewachsener Mensch und hob sich von den anderen Männern im Trakt 4 des Gefängnisses nicht nur wegen des eleganten Anzugs ab, den er als U-Häftling weiter tragen durfte, sondern auch durch die selbstverständliche Art, wie er sich bewegte.

Bienzle war unruhig. Deshalb fuhr er, entgegen seinem ursprünglichen Plan, nach Stammheim. Er ließ sich Berni Stelzer in einer Verhörzelle vorführen. In den wassergrauen Augen des Gefangenen lag eine Härte, die der Kommissar bisher noch nie bei ihm gesehen hatte.

«Was ist mit Ihnen?», fragte Bienzle.

«Jeder meint immer nur, er könne mich benutzen. Das war schon immer so. Mein Vater hat das gedacht, meine großen Geschwister, mein Meister, als ich in der Lehre war. Und ich hab auch immer gedacht, es wäre am besten, man gewöhnt sich daran.» Dann fuhr sein Zeigefinger nach vorne. «Aber ich lass mich nicht mehr benutzen. Von niemand!»

Bienzle horchte auf. «Hat Seyboldt es versucht?», fragte er.

Aber Berni ging nicht darauf ein. «Kümmern Sie sich um meine Schwester. Alles andere mach ich selber.»

«Mann, gegen Seyboldt und seine Leute haben Sie doch keine Chance. Ich sorge dafür, dass Sie heute noch verlegt werden.»

«Nee, ich verdrück mich nicht. Ich bin oft genug davongelaufen.»

«Menschenskind, Berni, Sie können doch hier nicht den Helden spielen!»

«Ist Serkiniadse ein Komplize von Seyboldt?»

«Um ehrlich zu sein, ich weiß es nicht. Vielleicht war er's mal und hat ihn jetzt geleimt. Vielleicht spielen sie aber auch zusammen. An Josef Serkiniadse komm ich nicht ran.»

«Und da haben Sie gemeint, ich könnte das schaffen?»

«Hier drin sind die Verhältnisse anders, Berni!»

«Ja, nur Sie kennen sie nicht. Sie glauben zwar, dass Sie Bescheid wüssten, aber im Grunde haben Sie keine Ahnung. Wenn Serkiniadse Seyboldt geleimt hat, wird er hier drin keine Minute seines Lebens mehr froh!» Berni Stelzer ging zur Tür und schlug mit der flachen Hand dagegen.

Bienzle war verzweifelt. «Warten Sie!»

«Lassen Sie mich in Ruhe. Sie sind auch so einer, der's gut meint und sich daran selber aufgeilt.»

Ein Vollzugsbeamter hatte die Tür geöffnet. Der kleine Strafgefangene ging hinaus.

«Wenn ihm was passiert, bin ich schuld», sagte Bienzle eine halbe Stunde später zu seinem Kollegen Gächter. Der Kommissar ging ruhelos in seinem Büro auf und ab. Der Regen vor den Fenstern war in nassen Schnee übergegangen, der an den Scheiben sofort schmolz und in dicken Schlieren herunterlief. «Es ist doch noch gar net Winter», maulte Bienzle. «Was ist mit der Schwester von Berni Stelzer?»

«Die mauert!»

«Aber die Frau muss bedroht worden sein.»

«Wenn, dann gibt sie's nicht zu.»

Der Platz, auf dem Berni tags zuvor beim Abendessen gesessen hatte, war leer. Seyboldt hatte zwar versucht, Serkiniadse an seinen Tisch zu bekommen, aber die Regel, dass Strafgefangene und Untersuchungsgefangene keinen Kontakt miteinander haben dürfen, wurde plötzlich eisern eingehalten. Die Schließer achteten auch im Zellentrakt darauf, dass Serkiniadse isoliert blieb.

Nach dem Essen kam Rocky bei Berni vorbei. «Du gehst heute zur Abendandacht», sagte er. Berni nickte. «Wenn der Seyboldt will, werd ich auch noch fromm!»

In der Kapelle saßen etwa zwei Dutzend Gefangene und sangen «Großer Gott, wir loben dich», als Berni den Raum betrat. Seyboldt saß alleine in der letzten Bank und gab ihm ein Zeichen, er solle sich zu ihm setzen.

Plötzlich berührte Stefan Seyboldts rechte Hand Bernis Hüfte. Berni sah an sich hinab. Seyboldts Faust öffnete sich. Zum Vorschein kam ein kleines braunes Fläschchen. «Da, nimm!»

«Was ist das?»

«Trink ein Glas Wein mit Serkiniadse. Die Flasche ist schon in deiner Zelle. In sein Glas kommt das Zeug da. Aber alles, verstehst du, sonst wirkt es nicht.»

«Ich bin doch kein Mörder!»

«Entweder du tust es, oder deine Schwester ist dran. Und du auch!»

Als Berni zu seiner Zelle zurückging, lehnte Serkiniadse in seiner Tür und rauchte. Seltsamerweise war kein Schließer da, der darauf achtete, dass der Untersuchungsgefangene nicht mit anderen Häftlingen in Berührung kam. Berni ignorierte Serkiniadse und ging in seine Zelle, deren Tür, wie immer, bis zum abendlichen Einschluss offen stand.

Kaum hatte er seine Zelle betreten und sich auf sein Bett gesetzt, da trat Serkiniadse über die Schwelle. Er drückte die Tür zu und lehnte sich dagegen.

«Mein Name ist Josef Serkiniadse», sagte er.

«Ich weiß», antwortete Berni.

Vor dem Frühstück pflegte Stefan Seyboldt in den Leseraum zu gehen. Ein eifriger Vollzugsbeamter hatte, wie jeden Tag, die Zeitungen für ihn zurechtgelegt. Seyboldt blätterte als Erstes die beiden Stuttgarter Tageszeitungen durch. Serkiniadses Verhaftung wurde nur in einer kleinen Meldung erwähnt. Plötzlich stand Berni am Tisch. Seyboldt schaute auf. «Bring uns erst mal einen Kaffee.»

Berni ging die fünf Meter zum Kaffeeautomaten und schob einen Pappbecher unter die Fülldüse. Seyboldt war weiterhin in seine Zeitung vertieft.

Als er an den Tisch zurückkam, zog Berni lässig einen Stuhl heran und setzte sich. Er stellte den Kaffee vor Seyboldt hin und sagte: «Ruf deine Leute an, sie sollen meine Schwester in Ruhe lassen.»

Seyboldt starrte Berni an. «Dein Ton passt mir nicht.»

«Deiner hat mir noch nie gepasst. Trotzdem hab ich alles erledigt, was du von mir verlangt hast. Jetzt will ich, dass auch du dein Wort hältst.»

«Serkiniadse?»

Berni nickte nur.

Seyboldt sah sich um, und als er feststellte, dass sie unbeobachtet waren, zog er ein Handy aus der Tasche. Er wählte und sagte schon nach kurzem Warten: «Ja, ich bin's… Ihr lasst jetzt die kleine Stelzer in Ruhe, alles klar?»

Blitzschnell riss ihm Berni das Telefon aus der Hand und hielt es ans Ohr. Seyboldt hatte die Zeitansage angerufen.

«Scheißkerl», sagte Berni.

Rocky und Carl de Winter traten aus dem Schatten eines Metallschrankes hervor, in dem das Putzzeug untergebracht war.

Seyboldt stand auf, musste sich aber am Tischrand festhalten, weil ihm plötzlich schwindlig wurde.« Nehmt ihn euch vor, der Typ ist fällig!»

«Den kannst du mir allein überlassen. Wenn ich mit ihm fertig bin, passt der in 'ne Schuhschachtel!» Rocky baute sich vor Berni auf.

«Bei Horst Sablewski hast du's aber nicht alleine geschafft.» Berni grinste Rocky an, der im gleichen Moment zuschlug. Die Faust ging ins Leere.

Berni hatte sich blitzschnell weggeduckt, einen schnellen Ausfallschritt nach links gemacht, und jetzt schlug er einen harten rechten Haken auf die Leber des Exboxers.

Rocky schnappte nach Luft und schaute seinem kleinen Gegner überrascht und einen Augenblick zu lange ins Gesicht. Im gleichen Moment traf ihn dessen linke Gerade am Kinn.

«Bist du zu blöd, oder was?», rief Seyboldt mit einer seltsam gepressten Stimme.

Rocky schlug jetzt unkontrolliert und wild nach Berni. Der tanzte jeden der Schläge aus, machte dann einen Satz nach vorne und landete eine ganze Serie kurzer Körperhaken. Der Exboxer umklammerte nun die Schultern des Angreifers, und als der ihm seine rechte Faust auf die Halsschlagader donnerte, rutschte er an Berni hinunter zu Boden und blieb bewusstlos liegen.

Carl de Winter hatte das Geschehen völlig konsterniert verfolgt. Hinter ihm schrie Seyboldt: «Carl!» Es klang wie ein Hilfeschrei. Carl de Winter fuhr zu ihm herum. Seyboldt saß auf dem Boden, den Rücken gegen den Kaffeeautomaten gelehnt, sein Gesicht war weiß wie Kreide, seine Lippen zitterten, und der Schweiß lief ihm in Strömen übers Gesicht. Jetzt näherten sich auch die ersten Vollzugsbeamten.

Seyboldts Blick erfasste eine kleine Gruppe im Hintergrund. Zwei Polizeibeamte führten Serkiniadse in Handschellen zum Ausgang der Justizvollzugsanstalt. Niemand sah, wie Berni Stelzer schnell ein kleines braunes Fläschchen in der Jackentasche des bewusstlosen Exboxers versenkte.

Fünf Minuten später war Seyboldt auf der Krankenstation. Zwei Ärzte kümmerten sich um ihn, stabilisierten zuerst seinen Kreislauf und pumpten ihm dann den Magen aus.

«Berni Stelzer haben sie am anderen Morgen erhängt in seiner Zelle gefunden. Natürlich glaube ich nicht, dass er das selber war», schloss Bienzle seinen Bericht. «Aber Seyboldt, der noch zwei Wochen auf der Krankenstation lag, und seinen Bodyguards konnte man nichts nachweisen.»

«Und woher wissen Sie, wie das alles abgelaufen ist – das mit dem Gift und so, meine ich.»

«Berni Stelzer hat mir geschrieben. Sein Brief endet mit dem Satz: ‹Und wenn ich morgen tot bin, bin ich's nicht selber gewesen!›»

«Josef Serkiniadse», sagte Maletzke versonnen, nachdem sie eine Weile geschwiegen hatten, «der ist jetzt auch in Berlin. Er ist – soweit ich weiß – die rechte Hand von Seyboldt.»

Bienzle sah seinen Kollegen an. «Das ist doch vielleicht ein Ansatzpunkt.»

Die Berliner Polizeiverwaltung hatte Bienzle in einer kleinen Pension in der Wielandstraße untergebracht. Sie lag im zweiten Stock eines Jugendstilhauses. Zum Kurfürstendamm waren es nur ein paar Schritte. Bienzle wollte essen gehen und blieb vor dem nächstgelegenen Lokal stehen, um die Speisekarte zu studieren. Kopfschüttelnd wandte er sich ab. 24 Euro für Geflügelleber auf Spaghetti war er nicht bereit zu bezahlen.

Ein paar Straßen weiter traf er auf einen Bratwurststand, der halb überdacht war und um den Stehtische mit roten Wachstuchdecken gruppiert waren. Erst sehr viel später erfuhr er, dass dieser Stand der bekannteste Berliner Geheimtipp war.

Die Currywurst schmeckte wunderbar, und Bienzle verdrängte wieder einmal alles, was er über BSE, Antibiotika im Fleisch und die Maul- und Klauenseuche gehört hatte. Hannelore hatte ihre Ernährung längst auf biologisch einwandfreie Produkte umgestellt. Aber Hannelore war weit. So weit dann allerdings auch wieder nicht, dass er das Angebot einer ausgesprochen hübschen dunkelhäutigen Prostituierten in Erwägung gezogen hätte.

Ins Bett wollte er noch nicht. Ins Kino ging er nicht gerne alleine. Für das letzte Bier – und mehr wollte er sich nicht mehr genehmigen – war es noch zu früh. Bienzle zog den kleinen Notizblock aus seiner Manteltasche, auf dem er notiert hatte, wo Serkiniadse wohnte. Lassenstraße in Grunewald, eine noble Adresse, wie ihm gesagt worden war.

Routiniert verlangte Bienzle vom Busfahrer der Linie 119: «Einmal A/B.»

Das Haus Serkiniadses hockte weit hinten in einem parkähnlichen Garten. Es war im französischen Landhausstil gebaut, neun tief gezogene Fenster gliederten die einstöckige Fassade. Die beiden mittleren dienten offenbar als Terrassentüren. Den Eingang erreichte man auf der nördlichen Giebelseite über einen Stichweg, der an dem Gartengrundstück entlangführte. Zwei große Hunde begleiteten ihn bellend hinter dem Zaun, als er zum Gartentor ging. Dort fand er die dezenten schmiedeeisernen Initialen I. S. Bienzle klingelte.

Eine junge Frau, die er auf 28 bis 30 Jahre schätzte, kam aus dem Haus und musterte ihn. Sie trug Jeans und einen Pulli und war im Begriff, sich einen leichten Mantel überzuziehen. Offenbar wollte sie gerade aus dem Haus gehen.

«Ja, bitte?» Die Hunde liefen zu ihr hin, und sie tätschelte sie, während sie mit Bienzle sprach.

«Ich möchte zu Herrn Serkiniadse.»

«Der ist verreist.» Schon diese drei Worte verrieten ihm, dass die junge Frau Schwäbin war.

«Und wisset Sie, wann er wiederkommt?»

«Morgen.»

«Sie sind aber au net von hier.» Bienzle lächelte sie an.

«Nein, ich komm genauso aus Schwaben wie Sie!»

«Ja, ja», sagte Bienzle lachend, «ich hab's schon g'hört, nach den Türken sind die Schwaben die größte ethnische Minderheit in Berlin.»

«Kann ich dem Herrn Serkiniadse was ausrichten?»

«Das Beste wird sein, ich komm morgen noch amal vorbei.»

«Ja, machet Sie des.» Sie schloss sorgfältig die Haustür ab und kam über den schmalen Gartenweg aus Granitplatten auf ihn zu.

«Habet Sie grad Feierabend?» Für Bienzle war es von Anfang an keine Frage gewesen, dass die junge Frau eine Hausangestellte oder Putzhilfe war.

«Ja», antwortete sie.

«Dann kann ich Sie ja vielleicht noch a Stückle begleiten.»

Auf dem kurzen Stück zur Bushaltestelle gelang es ihm, sie zu einem gemeinsamen Abendessen zu überreden. Die Currywurst, fand er, war zu vernachlässigen. Die junge Frau schlug das *Landhauscafé Dahlem* vor. «Wenn's a bissle wärmer wär», sagte sie, «könnte man da sogar draußen sitzen unter den wunderschönen Kastanienbäumen.»

Tatsächlich saßen auch ein paar Gäste an den langen Tischen im Freien unter den Lampengirlanden, die sich von Baum zu Baum schwangen. Doch Bienzle wollte lieber hineingehen. Als sie sich gesetzt hatten, zog seine Begleiterin ein Handy heraus und wählte. «Ich komm heut a Stunde später. Ist d'Tante Dorle noch da? Gibst sie mir grad amal. Und bist du auch brav?» Sie erklärte dann Dorle, dass es nicht lange dauern werde, aber sie habe einen Landsmann getroffen. Offenbar machte die Frau am anderen Ende der Leitung eine entsprechende Bemerkung, denn die junge Frau antwortete: «Quatsch, es ist ein sehr seriöser älterer Herr.» Bienzle schaute an sich hinunter, als ob er prüfen wollte, ob man so etwas wirklich über ihn sagen konnte. Die junge Frau legte auf.

«Ich glaub, wir sollten uns vorstellen. Bienzle mein Name.»

«Barbara Stelzer», erwiderte sie und sah ihn dann mit großen Augen an. «Habet Sie jetzt grad ‹Bienzle› g'sagt?»

«Und Sie, saget Se jetzt bloß net, Sie seien die Bärbel Stelzer, dem Berni seine Schwester?»

Sie nickte heftig.

«Und wie kommen Sie ausgerechnet zu Serkiniadse?»

«Er hat sich von dem Tag an um mich gekümmert, wo er wieder draußen war.»

«Das muss dann vor viereinhalb Jahren gewesen sein.»

«Ja. Er ist ja zum Glück freigesprochen worden.»

«Aus Mangel an Beweisen», sagte Bienzle finster.

Eine polnische Bedienung fragte sie mit deutlichem Akzent nach ihren Wünschen. Bärbel bestellte Wiener Schnitzel mit einem halbwarmen Kartoffel-Gurken-Salat. Bienzle schloss sich an und bestellte einen halben Liter Grauburgunder.

Die Leute aus dem Garten kamen fröstelnd herein und bevölkerten die Tische im Lokal.

Bienzle sagte: «Der Berni hat mir in der Nacht vor seinem Tod noch geschrieben. Wissen Sie denn, wie er gestorben ist?»

«Er hat sich selber umgebracht. Von Ihnen hat er immer gesagt, Sie seien ein guter Freund. Fast so wie der Hotte, der Horst Sablewski, den er im G'fängnis kennen gelernt hat.»

Bienzle beschloss, Bärbel Stelzer in ihrem Glauben zu lassen, dass Ihr Bruder Selbstmord begangen habe.

«Vier Jahre sind zwar eine lange Zeit», Tränen schossen ihr in die Augen, «aber es tut halt immer noch weh. Er war so ein herzensguter Kerle, der Berni, obwohl er auch schlimme Sache g'macht hat.»

Bienzle winkte begütigend ab. «Gemessen an dem, was andere machen ...» Er ließ den Satz in der Luft hängen.

In der Nacht darauf schlief Bienzle schlecht. Es war nicht der Autolärm, der ihn wach hielt, den konnte er ausblenden. Bienzle trieb die Frage um, warum Serkiniadse, den Seyboldt hatte umbringen wollen, nunmehr für ihn arbeitete. Dass sich Serkiniadse um Bärbel Stelzer kümmerte, verstand er. Serkiniadse revanchierte sich offensichtlich dafür, dass Berni damals Seyboldts Mordauftrag nicht ausgeführt hatte.

Zweiter Tag

Das Frühstück war gut und reichlich. Trotzdem nahm sich Bienzle nichts vom Buffet. Er war aufgeregt. Und unsicher. Eigentlich hatte er sich vorgenommen, den Stier bei den Hörnern zu packen und heute bei Stefan Seyboldt vorbeizuschauen. Aber jetzt waren ihm die größten Zweifel gekommen, ob das denn so richtig war. Er beschloss, erst einmal das Terrain zu sondieren.

Einer der beiden Besitzer der Pension – die beiden jungen Männer waren ersichtlich ein Paar – fragte Bienzle, ob er ihm ein Rührei machen solle oder ob er sonst einen Wunsch habe. Ein Gast, der nicht richtig frühstücke, sei ihm unheimlich.

«Das hol ich alles nach», sagte Bienzle. Er stand auf und verließ das Haus.

Seyboldt bewohnte eine Villa in Pankow. Von Maletzke hatte sich Bienzle tags zuvor noch sagen lassen, dass da früher die DDR-Bonzen gewohnt hätten. Lotte Ulbricht hatte hier noch bis zu ihrem Tod im Jahr 2002 gelebt. Majakowskiring hieß die Straße. Bienzle gefiel das Viertel. Es war nicht so großkotzig wie das Areal im Grunewald, wo sich Serkiniadse niedergelassen hatte.

Ein feiner Regen ging nieder. Heute würden nicht mal die Berliner draußen sitzen. Das grobe Pflaster glänzte, und als Bienzle einmal den Ring überquerte, um auf der anderen

Straßenseite weiterzuschlendern, spürte er, wie glitschig die Straße war.

Während er geruhsam den Ring abschritt, der sich nach gut anderthalb Kilometern wieder schloss, donnerten mehrere Flugzeuge über ihn hinweg. Er sah ihnen kopfschüttelnd nach. Ein Mann, der seinen Hund spazieren führte, blieb bei Bienzle stehen. «Det sind allet die Flieger nach Tejel. Wenn se erst mal Schönefeld ausjebaut haben, wird det hier besser.»

«Ja, aber dann werden die Leute dort sich beklagen.»

«Ja, logisch», gab der Berliner zurück. «Wissen Se denn, vor wat fürn Haus Se da stehen?»

Bienzle las eine Tafel: «Literaturbrücke».

«Det jilt schon wieda nich mehr. Erst hat da der Grotewohl drin jewohnt, denn, nach der Wende, war det Literaturhaus drin, und nu jehörts wieder der Familie, der's schon früher jehört hat.»

«Da kann mr amal seha, wie sich die Zeiten ändern», sagte Bienzle.

«Bei Ihnen ja weniger», gab der Berliner zurück. «Oder kommen Se nich aus Schwaben?»

«Doch, Sie haben Recht, und zwar in beiden Fällen.» Bienzle tippte mit dem Zeigefinger an die Krempe seines Hutes und ging weiter. Der Berliner pfiff nach seinem Hund und verschwand in einem der Häuser.

Bienzle nahm die Runde ein zweites Mal in Angriff. Nach gut dreihundert Metern war er angelangt. Unschlüssig blieb er vor dem Grundstück stehen. Die Villa stammte wohl aus den dreißiger Jahren. Der Eingang, zu dem drei breite Stufen hinaufführten, war von zwei mächtigen Säulen flankiert.

Während die meisten Häuser in der Nachbarschaft in einem undefinierbaren Olivton gestrichen waren, glänzte dieses Gebäude in strahlendem Weiß.

Bienzle ging ein paar Schritte weiter bis zur Garagenauffahrt. Die war gut sieben Meter breit und ersichtlich erst vor kürzerer Zeit entstanden. Vor der Garage, die sicher drei Autos Platz bot, parkte ein dunkelgrüner Jaguar. Von der Ausfahrt aus konnte man einen Blick in einen Wintergarten werfen. Bienzle kniff die Augen zusammen. Seyboldt, der dicker geworden war, sich aber sonst kaum verändert hatte, saß in einem Korbsessel und las eine Zeitung, ihm gegenüber eine junge Frau mit langen, weit über die Schultern hinabreichenden hellblonden Haaren. Zwei Kinder, die Bienzle auf drei und fünf Jahre schätzte, sprangen um die beiden herum. Während die junge Frau nachsichtig lächelte, schien sich Seyboldt gestört zu fühlen. Er stand abrupt auf, faltete die Zeitung zusammen, ging um den Tisch zu seiner Frau und küsste sie flüchtig auf die Stirn. Dann nahm er eine Aktentasche vom Boden auf und verließ den Wintergarten.

Bienzle zog sich zurück. Er ging eilig die Garagenauffahrt hinunter, überquerte den Majakowskiring und verbarg sich hinter einem Wohnmobil, das unter einer Platane geparkt war. Er hörte, wie die Haustür ging. Kurz darauf wurde der Motor des Jaguar gestartet.

Ein Motorrad kam ihm auf der Straße entgegen. Der Fahrer lenkte die Maschine nur mit einer Hand. In der anderen hielt er einen Gegenstand, den man auf die Entfernung nicht genau definieren konnte.

Bienzle wurde plötzlich kalt. Schweiß trat auf seine Stirn. Er roch förmlich die Gefahr. Unschlüssig machte er einen Schritt hinter dem Wohnmobil hervor, trat auf die gepflasterte Straße hinaus und winkte mit beiden Armen, um den Fahrer des Jaguar zu stoppen.

Verwundert registrierte Seyboldt im Rückspiegel den Mann im grauen Mantel. Sekundenbruchteile später erkannte er ihn. «Was will der denn hier?», entfuhr es ihm. Er gab Gas, und der Wagen schoss in einem eleganten Bogen rückwärts auf die Fahrbahn. Da sah er aus den Augenwinkeln den Motorradfahrer, der direkt auf ihn zukam. Seyboldt bremste scharf. Der Wagen schlingerte auf dem nassen Pflaster. Im gleichen Moment hatte der Motorradfahrer die Limousine erreicht. Aus einer Maschinenpistole jagte er eine Garbe auf das Auto. Seyboldt, der sich noch ducken wollte, fiel nach vorne auf das Lenkrad. Die Hupe gab einen Dauerton von sich.

Das Motorrad raste davon. Bienzle versuchte noch das Nummernschild zu entziffern, aber das war nach oben gebogen. Er eilte zu dem Jaguar und riss die Fahrertür auf. Seyboldt fiel ihm blutüberströmt entgegen. Aus dem Haus kam die blonde Frau gerannt.

Seyboldt sah Bienzle aus glasigen Augen an. «Was … was machen Sie hier?»

«Wer war das? Wer steckt dahinter?», fragte Bienzle und wunderte sich darüber, wie routiniert er sich verhielt.

Seyboldt sah seine Frau kommen. «Sie weiß nichts», stieß er hervor.

«Wer steckt dahinter?», wiederholte Bienzle.

Ein Schwall Blut quoll aus Seyboldts Mund. Er sackte in den Armen Bienzles zusammen. Als seine Frau den Jaguar erreichte, war Seyboldt schon tot.

Bienzle saß auf dem Randstein und fühlte sich unendlich müde. Die Straße vor ihm war voller Leute: Sanitäter, Ärzte, uniformierte Polizisten, Neugierige, Männer und Frauen der Spurensicherung in weißen Schutzanzügen.

Plötzlich stand Maletzke vor Bienzle. Bienzle versuchte aufzustehen. Maletzke reichte ihm die Hand und half ihm auf. «Ich hab's saumäßig im Kreuz», sagte Bienzle.

Frau Seyboldt saß hoch aufgerichtet und steif in einem der Korbsessel und starrte geradeaus. Ihre Hände hatten sich um die Armlehnen verkrampft. Bienzle sah sie an. Er hatte noch nie eine Frau mit einem so schönen Hals gesehen. Er ertappte sich dabei, dass er sich fragte, ob man dazu wohl Schwanenhals sagte. Im Nebenzimmer hörte man die Kinder weinen.

«Haben Sie eine Ahnung, wer hinter dem Anschlag stecken könnte?», fragte Maletzke.

Frau Seyboldt schüttelte nur den Kopf.

Bienzle, der im Unterschied zu Maletzke immer noch stand, beugte sich weit vor: «Was machte denn Ihr Mann beruflich?»

«Er ist Kaufmann.»

«Wissen Sie, was für Geschäfte er machte?»

«Dafür habe ich mich nie interessiert.»

Bienzle nickte.

«Er war so ein guter Mensch!», sagte Frau Seyboldt.

Bienzle hätte am liebsten geantwortet: ‹Na ja, wie man's nimmt›, sagte dann aber nur: «Für Sie und die Kinder, meinen Sie?»

Sie sah ihn zum ersten Mal an. Bienzle fielen ihre blauen Augen auf. «Ja, natürlich!»

Maletzke meldete sich. «Ihr Mann war polizeibekannt, wie man so sagt. Hat er Ihnen wirklich nie davon erzählt?»

«Nein, und ich will das auch gar nicht wissen!»

Bienzle nickte Maletzke zu. Er hätte es dabei belassen. Aber Maletzke war aus anderem Schrot und Korn als der Schwabe.

«Er hat eine ganze Reihe von Vorstrafen, und nach unseren gesicherten Erkenntnissen betreibt er, Entschuldigung, handelte er illegal mit Rauschgift und Waffen.»

Jetzt sah Frau Seyboldt Maletzke direkt an. «Warum sagen Sie so etwas?»

«Ich sagte, wir haben gesicherte Erkenntnisse!»

«Da kann es sich nur um Verleumdungen handeln.» Frau Seyboldt richtete sich noch ein bisschen steiler auf. «Ich würde mich jetzt gerne um meine Kinder kümmern.»

Bienzle nickte Maletzke auffordernd zu. Die beiden verließen die junge Witwe.

«Die weiß tatsächlich nichts», sagte Bienzle, als sie auf die Straße hinaustraten. Der Regen war stärker geworden, und Bienzle spürte, dass er einen nassen Hintern hatte. Das kam davon, wenn man sich bei diesem Wetter auf den Bordstein hockte.

Maletzke sah auf die Uhr. «Zeit, was zu essen!»

Bienzle nickte. Arbeit hatte ihn schon immer hungrig gemacht.

«Wir halten unterwegs an der Schönhauser Allee bei Konopke. Da gibt's 'ne gute Currywurst», sagte sein Berliner Kollege.

Wieder nickte Bienzle. «Und danach geh ich zu Serkiniadse. Ich hoffe, ich bin der Erste, der ihm die Todesnachricht überbringt.»

Und so war es dann auch. Bärbel Stelzer ließ den Kommissar aus Stuttgart herein. Serkiniadse war von seiner Haushälterin davon unterrichtet worden, dass Bienzle ihn schon gestern hatte sprechen wollen.

«Kommen Sie doch bitte herein. Ich kann mir zwar offen gestanden nicht erklären, was Sie zu mir führt …» Der Georgier wirkte noch soignierter und eleganter als damals in Stuttgart.

«Sie waren in Geschäften unterwegs?», fragte Bienzle.

«Ja.» Serkiniadse deutete auf einen bequemen Sessel.

Bienzle setzte sich. «Darf man fragen, in was für Geschäften?»

Serkiniadse lächelte ihn an. «Nein, tut mir Leid. Wollen Sie etwas trinken. Einen Trollinger habe ich allerdings nicht im Haus.»

«Um diese Zeit keinen Alkohol», sagte Bienzle. «Sie arbeiten mit Stefan Seyboldt zusammen?»

«Wir sind Partner, ja.» Serkiniadse nahm Bienzle gegenüber Platz und zündete sich eine Zigarette an.

«Jetzt nicht mehr», sagte Bienzle.

«Aber ja doch. In zwei Stunden treffe ich mich mit ihm.»

Bienzle schüttelte den Kopf. Er ließ Serkiniadse keine Sekunde aus den Augen. «Das wird wohl nichts!»

«Soll das heißen, Sie haben ihn verhaftet?»

«Warum hätte ich das tun sollen?»

Serkiniadse biss sich auf die Unterlippe. Er war in Bienzles Falle getappt, und man sah ihm an, wie sehr er sich darüber ärgerte. «Na ja, Sie sind Polizist, und alles, was Sie tun, läuft doch darauf hinaus!»

Bienzle nickte. «Ja, da ist was dran. Ich hätte ihn tatsächlich gerne verhaftet, sehr gerne; denn ich bin nach wie vor sicher, dass er am Tod von Berni Stelzer schuldig ist. – Warum haben Sie sich eigentlich so um Bernis Schwester Bärbel gekümmert?»

«Sie ist die beste Haushälterin, die ich finden konnte.»

«Berni hatte damals von Seyboldt den Auftrag, Sie zu vergiften.»

Serkiniadse wiegte den Kopf hin und her. Aber er

schwieg. Stattdessen sagte er: «Was haben Sie denn gemeint, als Sie sagten, wir seien jetzt keine Partner mehr, Seyboldt und ich?»

«Können Sie sich das nicht denken?»

Serkiniadse sprang auf. Schlagartig wurde ihm klar, was Bienzles Andeutungen meinten. «Halten Sie das für fair, wie Sie mit mir reden», herrschte er ihn an.

Der Stuttgarter Kommissar streckte die Beine weit von sich, hakte die Daumen in den Hosenbund, wie es seine Art war, und sagte fast gemütlich: «Ja, es hat ihn erwischt. Direkt vor seinem Haus. Ich bin zufällig Zeuge geworden. Ein Motorradfahrer mit einer Uzi.»

«Mein Gott, hatte er denn seine Leute nicht dabei?»

«Seine Bodyguards? Nein, er war ganz alleine.»

Wenn es Serkiniadse getroffen hatte, versuchte er mit aller Gewalt, es nicht zu zeigen. Er drückte seine Zigarette aus und zündete sich sofort eine neue an. Bienzle entging nicht, dass seine Hände leicht zitterten.

«Ich bin sofort zu Ihnen gekommen, weil ich dachte, Sie können mir vielleicht am ehesten sagen, wer da dahinter stecken könnte.»

Serkiniadse breitete beide Arme aus. «Ich kann es Ihnen beim besten Willen nicht sagen.»

«Das glaube ich Ihnen nicht, Herr Serkiniadse.»

«Das ist zwar bedauerlich, lässt sich aber wohl kaum ändern.»

«Wer beerbt ihn denn?»

«Seine Frau, nehme ich an.»

«Das meine ich nicht. Ich meine geschäftlich.»

«Nun, ich werde sicher zunächst die Firmen weiterführen.»

«Wenn es um Waffen- und Rauschgifthandel geht …»

«Lassen Sie doch diese Unterstellungen», fuhr ihm Serkiniadse in die Parade. «Wie kommen Sie dazu? Wie kommen Sie überhaupt dazu, als Stuttgarter Kripobeamter hier zu ermitteln?»

«Vorübergehend bin ich der Berliner Kripo zugeteilt. Sie sehen, es hat alles seine Richtigkeit.» Bienzle erhob sich. «Wir werden also vermutlich in nächster Zeit noch öfter das Vergnügen haben.»

«Das möge Gott verhüten!» Serkiniadse brachte ihn zur Tür.

Als Bienzle in das Gebäude des Landeskriminalamtes in der Keithstraße kam, tagte bereits eine Sonderkommission. Überraschend war die Leitung nicht Maletzke übertragen worden, sondern einem Kriminalrat Dr. Tiefenbach, einem fülligen älteren Beamten, der seinem weichen Gesicht durch einen üppigen Schnauzbart Konturen zu geben versuchte. Tiefenbach stand am Kopfende eines großen Konferenztisches, als Bienzle den Raum betrat. «Ich gebe dem Kollegen Neiberg das Wort.»

Bienzle setzte sich neben Maletzke und sagte etwas zu laut: «Was macht denn der Matthias Neiberg bei euch?» Neiberg sah herüber, lächelte und rief: «So sieht man sich wieder, Ernst!»

Bienzle hatte den Kollegen schon vor ein paar Jahren aus den Augen verloren. Damals, als sie alle mit ganzer Kraft versucht hatten, Seyboldt zu überführen, war Neiberg in Stuttgart stellvertretender Leiter der Abteilung Rauschgift und Falschgeld gewesen. Niemand hatte sich so recht erklären können, warum die beiden Bereiche zusammengelegt worden waren. Vielleicht weil man auf beiden Deliktfeldern mit verdeckten Ermittlern arbeitete. Neiberg hatte da große Erfolge vorzuweisen gehabt. In diesem Bereich schien er sich ausgesprochen wohl zu fühlen. Aber das hatte Bienzle öfter beobachtet, dass Täter und Verfolger ähnliche Qualitäten haben mussten.

«Hallo, Matthias», grüßte Bienzle zurück.

Neiberg hielt seinen Vortrag. Er war, wenn möglich, noch eloquenter geworden, als Bienzle ihn in Erinnerung hatte. Gut, zugegeben, Neiberg war ein Selbstdarsteller, aber das konnte man ihm nicht übel nehmen, denn er war dabei ausgesprochen unterhaltsam.

«Seyboldt hat, so nehmen wir an, den Fehler gemacht, sich in die Geschäfte von Capelli und Polnikow einzumischen.»

«Polnikow hat er immerhin beerbt», warf Maletzke ein.

«Ganz recht, nachdem er ihn hat beseitigen lassen. Jedenfalls nehmen wir das an.»

«Was hat Polnikow für Geschäfte gemacht?», fragte Bienzle.

«Autos gegen Frauen!», rief Neiberg über den Tisch.

«Hä?», machte Bienzle.

«Er hat gestohlene Luxuskarossen nach Russland geflogen und auf dem Rückflug junge Frauen mitgebracht, die hier in die Prostitution eingeschleust werden. So lohnt sich jeder Flug doppelt. Die Maschinen starten und landen nachts von irgendwelchen längst verlassenen Militärflughäfen der einstigen Sowjetarmee.»

«Was denn, dreizehn Jahre nach der Wende?»

«Du gehst von der falschen Voraussetzung aus, dass sich in den dreizehn Jahren wirklich etwas gravierend verändert hat, Bienzle.»

Tiefenbach meldete sich: «Ich schlage vor, unsere beiden Stuttgarter Kollegen tauschen sich heute Abend, nach der

Dienstzeit, aus. Jetzt erwarte ich, dass der Herr Neiberg ohne Unterbrechung weiter berichten kann.»

Bienzle breitete die Arme aus und steckte den Rüffel lächelnd weg.

Es war alles so wie früher in Stuttgart. Neiberg redete die Leute schwindlig, und am Ende ergab sich nur ein unklares Bild. Immerhin begriff Bienzle, dass die Hauptstadt Berlin inzwischen insoweit eine internationale Metropole geworden war, als auch hier ein durchstrukturiertes organisiertes Verbrechen agierte, gegen das die Polizeibehörden machtlos waren. Es wurde von wenigen Figuren beherrscht, die sich gegenseitig ihre Claims streitig machten. Seyboldt war in diesen Kreisen offenbar ein Aufsteiger gewesen. Als er nach Berlin gekommen war, hatten Polnikow, der Russe, und Capelli, der Urberliner, dessen Vorfahren freilich aus Italien stammten, das Sagen gehabt.

Seyboldt, der über unerschöpfliche Finanzmittel zu verfügen schien und ein ausgesprochen kreativer Kopf war, hatte aber rasch Boden gutgemacht. «Sein Vorteil war nicht nur seine Finanzkraft», sagte Neiberg, «er war auch skrupelloser als alle anderen. Der Tod ist in Berlin billig zu haben, und keiner hat das so gnadenlos ausgenutzt wie Stefan Seyboldt. Von dem haben sogar die Russen noch was lernen können!»

Als die Sitzung zu Ende war, kam Neiberg auf Bienzle zu und drückte ihm kräftig die Hand. «Mensch, ich freu mich!»

«Seit wann bist du denn in Berlin?», fragte Bienzle.

«Seit 95. Weischt, die Stadt ist einmalig. Stuttgart bietet doch nix!»

«Mir langt's eigentlich», sagte Bienzle.

«Allein die Theater!»

«Wie oft gehst du denn ins Theater?»

«Allein die Möglichkeit!», tönte Neiberg. «Jeden Abend kannst du in vierzig verschiedene Vorstellungen gehen.»

«Ich wär ja froh, wenn ich in Stuttgart in alle gwesa wär!»

Bienzle verabschiedete sich etwas überhastet von Neiberg und schloss zu Maletzke auf, der den Korridor hinunterging.

«Zum Glück sind nicht alle Schwaben so», sagte Maletzke.

«Wie?»

«Tüchtig, aber unangenehm!»

«Ich frag mich, was ich hier eigentlich noch soll», sagte Bienzle, als sie Maletzkes Büro betraten. «Ich war auf Seyboldt angesetzt, aber das hat sich ja jetzt erledigt.»

«Zum Glück haben Sie nicht ‹elegant erledigt› gesagt», brummte Maletzke. «Neiberg hätte es bestimmt so ausgedrückt.»

Bienzle grinste: «Man merkt schon, Sie sind dem Kollegen in herzlicher Abneigung zugetan.»

«Besser könnte man's nicht ausdrücken.»

«Trinken wir heut Abend ein Bier zusammen?»

Maletzke schüttelte bedauernd den Kopf. «Ich hab leider Chorprobe.»

«Sie singet im Polizeichor?»

«Nein, im Motettenchor St. Elisabeth, schon seit siebzehn Jahren.» Als Bienzle ihn überrascht ansah, fuhr Maletzke fort, als ob er sich entschuldigen müsste: «Manchmal, wenn's bei uns gar zu dicke kommt, ist mir das wie eine … ja, wie eine Lebenshilfe – kann ick ruhig ma so sajen.»

«Das gefällt mir», sagte Bienzle.

Sie nahmen auf den harten Stühlen an Maletzkes Schreibtisch Platz. «Mein letzter Fall, das war so einer. Da hat eine Frau, die eigentlich gerade den Sonntagsbraten am Tisch tranchieren wollte, ohne Vorankündigung ihrem Gatten das Messer in die Brust gestoßen. Er hatte sie zwanzig Jahre lang nur drangsaliert. Danach rief sie uns an. Ich bin hingefahren und hab neben ihr auf dem Sofa gesessen und ihre Hand gehalten. Sie hat die ganze Zeit geweint, und zum Schluss hat sie gesagt: ‹Ich bin so froh, dass ich endlich den Mut gehabt habe!›»

Bienzle traute seinen Augen nicht, als er den dunklen Raum des Lokals *Diener* betrat, der wohl seit 25 Jahren oder länger keinen Malerpinsel mehr gesehen hatte. An einem runden Tisch gegenüber der Theke saß ein Mann, der, wie er wusste, Kriminalromane und TV-Krimis schrieb.

Noch ein Schwabe in Berlin. Bienzle hatte in der Zeitung gelesen, dass der bodenständige Schriftsteller, der so gut mit der Mundart umgehen konnte, in die Hauptstadt übergesiedelt sei. Und er hatte es nie verstanden.

Überrascht hob der Schreiber den Kopf, als Bienzle sagte: «Ist es gestattet?»

«Ja, jetzt kann i gar nimmer. Der Herr Bienzle. Kommet Se, setzet Sie sich her.»

«Sind Sie allein?»

«Mei Frau kommt nachher noch. Sie ist mit einem befreundeten Ehepaar im Kino.»

Bienzle setzte sich und sah sich um. An den Wänden hingen unzählige Fotos bekannter Schauspieler. Und alle hatten eine spezielle Widmung fürs Haus oder den Wirt Rolf. Größen wie Billy Wilder waren hier gewesen, längst verblichene Schauspieler wie O. E. Hasse oder Martin Held, aber auch aktuelle Stars.

«Richtig voll wird's erst, wenn die Kinos und die Theater aus sind», sagte der Schriftsteller. Er musterte Bienzle. «Sie haben auch ziemlich Haare verloren, seitdem wir uns das letzte Mal gesehen haben. Wie lang ist das jetzt her?»

«Zehn Jahr? Zwölf Jahr? Genau weiß ich's nimmer. Jedenfalls war's in Grab im *Rössle*.»

«Genau, und wir haben damals drüber diskutiert, ob man im Kriminalroman das schreiben könnt, was Sie jeden Tag erleben.»

«Nicht immer, aber manchmal», sagte Bienzle und dachte an den Fall, den er gerade am Wickel hatte.

«Und was treibt Sie nach Berlin?», fragte der Autor.

«Des verträgt's Schnaufe net», gab der Kommissar zurück. «Gibt's hier einen Wein, den man trinken kann?»

«Rolf», rief sein Gegenüber. «Bringst du dem Herrn Bienzle a Viertele Trollinger.»

«Mach ich doch gern», sagte der, «ist das der, über den du immer schreibst?»

«Er ist es a bissle, aber halt bloß a bissle.»

Bienzle grinste: «Das möchte ich Ihnen aber auch geraten haben. Wissen Sie noch, dass wir damals über ein Buch vom Peter Bichsel geredet haben?»

«Ja sicher, das Gespräch können Sie inzwischen sogar in einem meiner Romane nachlesen.»*

«Oh du liabs Herrgöttle von Biberach», entfuhr es Bienzle.

Und der Schreiber ergänzte: «Wie hent di d'Mucka verschissa.»

* *Bienzle und der Biedermann* (1994), rororo 43077

Bienzle zitierte aus dem Gedächtnis: «In Langnau im Emmental, da gab es ein Warenhaus, das hieß Zur Stadt Paris. Ob das eine Geschichte ist?»

Der Schriftsteller nickte. «Überschrieben mit dem Titel ‹Sehnsucht›.»

«Hier in Berlin kriegt des glei a ganz andere Bedeutung», meinte Bienzle. «Da ist die Großmannssucht alltäglich. Sie haben übrigens auch weniger Haar, wenn's auch noch langt. Und Ihr Bart ist ja fast weiß!»

«Ja, nicht amal an mir geht die Zeit spurlos vorüber», sagte der Schriftsteller.

Der Wirt brachte den Trollinger und sagte zu Bienzle: «Wissen Sie, was ein berühmter Berliner Kollege über Ihren Freund geschrieben hat …?»

«Also Freund find ich a bissle übertrieben», wandte Bienzle ein.

Aber Rolf ließ sich nicht irritieren. «Er schreibt Fernsehstücke wie andere Leute Einkaufszettel.»

Bienzle nickte: «Ja, fleißig ist er immer gewesen.» Und dann zu dem Schreiber: «Könnt's sein, dass Ihr Kollege a bissle neidisch ist?»

«Der Ky? Also des glaub ich jetzt weniger, obwohl …» Statt den Satz zu vollenden, prostete der Schriftsteller Bienzle zu.

Später war dann die Frau des Schreibers in Begleitung eines jüngeren Ehepaars dazugekommen – eine zierliche Erscheinung mit wachen, leicht überschnittenen Augen, die ihn an Hannelore erinnerten. Sie verfügte über einen feinen Hang zur Ironie. Ohne Umschweife gab sie zu, sie sei es gewesen, die ihren Mann dazu gebracht habe, nach Berlin zu ziehen. Seine Familie nehme ihr das heute noch übel.

«Und wahrscheinlich net nur die», sagte der Kommissar.

«Schon der Thaddäus Troll hat g'sagt, es gebe zwei Sorten Schwaben, die weltläufigen und die verhockten», sagte der Schriftsteller. «Und ich hab fünfzig Jahr lang zu den verhockten gehört.»

«Und Sie meinet im Ernst, jetzt seien Sie weltläufig?» Bienzle konnte darüber nur den Kopf schütteln.

«Jedenfalls fühl ich mich sehr wohl in Berlin», gab der Schreiber fast trotzig zurück.

«Wir sind auch von Ulm hierher gezogen, wenn auch auf Umwegen», sagte der Mann des jüngeren Ehepaars. Es stellte sich heraus, dass seine Frau und er ebenfalls schrieben. Und so sahen sie auch aus. Vor allem die Frau.

«Und, wie lebt sich's so?», wollte Bienzle wissen.

«Na ja», sagte die Frau des Schriftstellers, «wenn man mal gelernt hat, genauso frech zu antworten, wie die Berliner einem entgegenkommen ...»

«Und das nehmen die einem dann auch kein bisschen krumm», ergänzte die jüngere Frau. «Und Sie sind so hilfsbereit. Kaum steht man irgendwo mit einem ratlosen Blick, kommt sofort jemand und fragt: ‹Kann ick Ihnen helfen?›»

«Ja, nur meistens kann er eben nicht!», warf der Schriftsteller ein.

«Aber er tut's trotzdem», sagte seine Frau. «Ein Berliner würde niemals zugeben, dass er etwas nicht weiß, lieber schickt er einen in die total falsche Richtung.»

«Soll ich Ihnen den Unterschied zwischen Schwaben und Berlinern erklären», meldete sich nun wieder der Schriftsteller. «In Kurzform: Schwaben schwätzet langsam und schaffet schnell. Und bei den Berlinern ist es genau umgekehrt.»

«Und wie geht die Langform?», wollte Bienzle wissen, dem es in diesem Kreis immer besser gefiel.

«Also: Wir haben hier vor zehn Jahren unsere erste Wohnung bezogen. Die musste aber noch renoviert werden. Als wir mit dem Möbelwagen ankamen, funktionierte alles ganz ordentlich, nur das Klo war noch nicht eingebaut. Zufällig war der Installateur im Haus. Ich habe ihn sofort darauf angesprochen. ‹Keen Problem›, sagte der, ‹det mach ick Ihnen doch ratzfatz!› So, Herr Bienzle, jetzt sagen Sie mir mal, wie das in Schwaben gewesen wäre?»

Bienzle zuckte die Achseln. «Vielleicht hätt der da statt ‹ratzfatz› ‹ruckzuck› gesagt.»

«Nein, der hätt gsagt: ‹Ja brauchet Sie des denn so dringend. Deshalb fahr ich doch nicht extra her. Da ist doch nix dran verdient. Könnet Sie ned bei Ihre Nachbarn solang aufs Klo gange, bis mir sowieso wieder amal en dr Gegend sind …›»

«Ja, kann schon sein», gab Bienzle zu.

«Aber er wär dann doch in den nächsten zwei, drei Tagen gekommen und hätte das Klo montiert!»

«Und Ihr Berliner Installateur?»

«Bei dem hat's noch ein Vierteljahr gedauert, und jedes Mal, wenn wir angefragt haben, hat er gesagt: ‹Keen Problem, mach ick Ihnen sofort, in een, zwee Tagen haben Sie det Ding!›»

Als Bienzle in seine Pension zurückkam, hatte er die nötige Bettschwere, zumal er die drei- oder vierhundert Meter von der Grolmann- in die Wielandstraße zu Fuß gegangen war. Er rief zu Hause an, aber Hannelore meldete sich nicht. Schade, er hätte ihr so gern von dem Wiedersehen mit dem Schriftsteller erzählt, der ihm so ähnlich war.

Dritter Tag

Bienzle war schon früh aufgestanden und frühstückte als erster der Gäste. Und im Unterschied zum Vortag ließ er sich's schmecken.

Als er auf die Straße hinaustrat, erschrak er fast vor der grellen Sonne. Kein Wölkchen war am Himmel. Durch die Straße pfiff zwar ein kalter Wind, aber Bienzle hatte doch das Gefühl, es könnte ein richtiger Sommertag werden.

Um neun Uhr war er mit Neiberg verabredet. Aber er war noch nicht in seinem Büro, als Bienzle auf die Minute pünktlich eintrat. Eine freundliche Sekretärin bot ihm Kaffee an. Bienzle setzte sich und griff gedankenlos nach einer Zeitschrift, die auf dem Schreibtisch lag. Sie befasste sich ausschließlich mit Jachten. Neben einigen der abgebildeten Schiffe war mit Filzstift ein dickes rotes Kreuz gemalt. Keine kostete weniger als 20 000 Euro.

Die Sekretärin stellte den Kaffee vor Bienzle hin. «Milch, Zucker?», fragte sie.

«Schwarz», antwortete er.

Die junge Frau deutete auf die Zeitschrift. «Das ist das Hobby von unserem Chef.»

«Auch nicht gerade billig», sagte Bienzle.

«Wenn man sonst keine Hobbys hat», tönte es von der Tür her. «Ich steck jeden Cent da rein. Seit drei Jahren schon spar ich auf dieses Boot da.»

Neiberg nahm Bienzle das Blatt aus der Hand und ließ die Seiten durch die Finger laufen. Dann legte er das aufgeschlagene Magazin vor Bienzle auf die Tischplatte. «Da! Schau dir das an!»

Es war ein ausgesprochen elegantes Schiff, zwölf Meter lang, mit drei Kabinen, Bad, Dusche und WC, Kombüse, großem Wohnraum. Schnell, absolut hochseetüchtig. Neupreis 64 000 Euro.

«Ein absoluter Traum», schwärmte Neiberg.

«Und den willst du dir erfüllen?»

«Andere leisten sich ein Sportauto oder ein Wochenendhaus am Müggelsee, für mich kommt nur das da infrage.»

«Was passiert denn jetzt im Mordfall Seyboldt», fragte Bienzle, auch um den Kollegen von dessen Lieblingsthema abzulenken.

Neiberg winkte ab: «Der Mordfall», sagte er geringschätzig, «jetzt geht's drum, wie werden die Karten neu gemischt hier in Berlin? Wer reißt sich Seyboldts Laden unter den Nagel? Capelli fehlt die notwendige Infrastruktur. Viel gefährlicher ist Joseph Cyslak, der Albaner. Und Ismail Polnikow, der seit zwei Wochen in der Stadt ist und vermutlich seinen Bruder rächen will.»

«Womöglich hat er das ja schon getan?»

«Kann sehr gut sein. Dagegen spricht allerdings die Uzi. Polnikow hätte Seyboldt mit Sicherheit mit einer Kalaschnikow erschossen.»

Bienzle seufzte. «Es geht doch nichts über einen Mordfall, bei dem ein eifersüchtiger Kerle seinen Rivalen ersticht oder ein gequälter Sohn seinen Vater erschlägt oder umgekehrt. Ich hasse diese Chicago-Geschichten.»

«Leider haben wir halt gerade die immer mehr in unserer Stadt.»

«Was kann ich tun?», fragte Bienzle und hasste sogleich die Frage. Er war gewohnt, dass er den anderen sagte, was sie tun sollten.

«Du könntest dich nochmal mit der Witwe unterhalten. Krieg raus, wie viel sie von den Geschäften ihres Mannes gewusst hat. Da muss eine ziemlich große Sache gelaufen sein. Ich kann mir nicht vorstellen, dass sie keine Ahnung davon hat. Du bist doch so einer, bei dem kommen die Weiber ins Reden!» Neiberg schob eine Dienstmarke und einen Berliner Polizeiausweis über den Tisch.

«Wie kommt ihr denn zu dem Bild von mir?», fragte Bienzle.

«Hab ich mir per E-Mail aus Stuttgart rüberschicken lassen.»

Den Weg kannte er ja schon. Er nahm wieder die U-Bahn nach Pankow, dann die Straßenbahn und ging den Rest zu Fuß. Vor Seyboldts Haus standen drei schwere Wagen. Bei jedem der Autos standen zwei muskelbepackte junge Männer, deren Profession man leicht erahnen konnte.

Bienzle notierte sich die Nummern der Autos und beschloss, erst einmal zu warten. Das konnte er wie kein anderer. Er wurde nicht ungeduldig oder nervös. Er suchte sich einen Platz, lehnte sich gegen eine der Platanen am Straßenrand und schaltete sein Gefühl für die Zeit aus. Früher hatte er manchmal gesagt, er sei nur zur Kripo gegangen, weil man da so oft nur rumstehen oder rumsitzen und warten müsse. Das sei eine wunderbare Gelegenheit, seinen Gedanken nachzuhängen. Aus den gleichen Gründen hatte er als Bub Fernfahrer werden wollen. Er hatte sich das so vorgestellt, dass man Stunden um Stunden über die Autobahnen rollen und seine Gedanken spazieren schicken konnte. Als er dann zwei Jahre lang bei der Verkehrspolizei arbeiten musste, hatte er diese Einschätzung gründlich revidiert.

Tatsächlich wusste er nicht, wie viel Zeit vergangen war, als drei schwarz gekleidete Herren das Seyboldt'sche Haus verließen. Bienzle zog eine kleine Digitalkamera aus der Manteltasche und fotografierte sie. Offenbar waren die Konkurrenten Seyboldts zu einem Kondolenzbesuch bei der Witwe gewesen.

Nachdem die Limousinen den Majakowskiring hinuntergerollt waren, trat Bienzle ans Gartentor des Anwesens und klingelte. Über die Gegensprechanlage hörte er Frau Seyboldts Stimme: «Ja, bitte?»

«Hauptkommissar Bienzle. Wir haben uns schon gestern kurz unterhalten.»

«Jetzt nicht, bitte!»

«Ich möcht's Ihnen halt ersparen, dass Sie aufs Präsidium vorgeladen werden.»

Prompt ertönte der Summer, und Bienzle drückte das Gartentor auf.

Als er die Haustür zwischen den beiden Säulen erreichte, öffnete sich die Tür. Auf der Schwelle erschien Josef Serkiniadse.

«Hallo, Herr Kommissar», sagte er. «Noch immer in Berlin?»

Bienzle sparte sich die Antwort. «Die drei Herren, die gerade weggegangen sind, wer waren die?»

«Freunde des Hauses.»

«Polnikow, Capelli und Cyslak», sagte Bienzle aufs Geratewohl.

«*Wie* lange sind Sie in Berlin?», fragte Serkiniadse erstaunt.

«Das nehm ich als Zustimmung.» Bienzle trat ins Haus. Frau Seyboldt, von der er inzwischen wusste, dass sie Saskia mit Vornamen hieß, eine geborene Siebeneicher war und bis vor fünf Jahren als Star des erotischen Films gegolten hatte, kam ihm in einer eng anliegenden schwarzen Hose und einem schlichten Pulli in der gleichen Farbe entgegen. Sie trug hochhackige Schuhe und hatte ihr langes blondes Haar zu einem Pferdeschwanz zusammengebunden. «Darf ich Sie fragen, wo Ihre Kinder sind?», sagte Bienzle, nachdem er sie begrüßt hatte.

«Wir halten es für besser, wenn das niemand weiß», sagte Serkiniadse.

«Was wollten die drei Herren, die gerade Ihr Haus verlassen haben, Frau Seyboldt?»

«Bitte, Herr Bienzle ...», meldete sich wieder Serkiniadse.

«Josef, bitte», herrschte ihn Saskia Seyboldt unvermittelt an, «ich kann sehr gut für mich selber sprechen!»

Bienzle sah Serkiniadse an, eine plötzliche Röte überzog dessen Gesicht.

«Es waren Geschäftsfreunde meines Mannes», nahm Frau Seyboldt wieder das Wort.

«Die Sie aber zuvor nie gesehen haben!»

«Ganz recht. Ich sagte Ihnen schon, dass ich mich um die Arbeit meines Mannes nie gekümmert habe.»

«Hübsch», sagte Bienzle, «dass Sie die Geschäfte Ihres Mannes mit dem schönen Begriff ‹Arbeit› bezeichnen.»

Frau Seyboldt schenkte es sich, darauf zu antworten.

«Ich habe Ihren Mann länger gekannt als Sie, Frau Seyboldt», fuhr Bienzle fort.

«Aber bestimmt nicht besser.» Sie zauberte ein überraschendes Lächeln auf ihr Gesicht.

«Da haben Sie wohl Recht.» Bienzle lächelte zurück.

«Ich lasse uns einen Kaffee machen», sagte die Hausherrin.

«Vielen Dank, der wird mir gut tun. Aber die Fortsetzung des Gesprächs macht für mich nur Sinn, wenn wir es unter vier Augen führen.» Er wandte sich an Serkiniadse: «Ich nehme an, Sie verstehen das.»

An Serkiniadses Stirn trat eine Ader hervor. «Ich glaube nicht, dass das gut wäre, Saskia.»

«Mein Mann und Josef waren Partner», sagte Frau Seyboldt, «aber er ist nicht mein Rechtsbeistand.»

«Ich dränge mich niemandem auf.» Serkiniadse nahm eine teure Ledertasche von einem Stuhl und schickte sich an, das Haus zu verlassen – zögernd, wie jemand, der erwartet, zurückgerufen zu werden.

«Wann kann ich nochmal mit Ihnen reden», fragte ihn Bienzle, «auch unter vier Augen.»

«Ich bin sehr beschäftigt!»

«Sie wissen ja, wie's in einem Mordfall ist, Herr Serkiniadse. So ein Gespräch kann man polizeilicherseits jederzeit erzwingen.» Bienzle strahlte den Georgier an, als er dies sagte.

Josef Serkiniadse ging wortlos hinaus.

Saskia Seyboldt rief Richtung Küche: «Sara, machen Sie uns bitte einen Kaffee!» Dann wandte sie sich Bienzle zu. «Ich glaube, vor Ihnen muss man sich in Acht nehmen.»

«Wenn Sie das glauben, erleichtert mir das womöglich die Arbeit», sagte der Kommissar und setzte sich unaufgefordert in einen der Korbstühle. Die Fenster, durch die er tags zuvor noch von der Garageneinfahrt her hatte hereinsehen können, waren jetzt dicht verhängt.

Saskia Seyboldt nahm ihm gegenüber Platz. Bienzle musterte sie unverhohlen. Seit ihrem ersten Zusammentreffen am Tag zuvor hatte er sich immer wieder gefragt, an wen sie ihn erinnerte. Jetzt fiel es ihm ein. Die Barbie-Puppe musste nach dem Vorbild dieser jungen Frau angefertigt worden sein.

«Ich mag's nicht, wenn man mich so anstarrt», sagte sie.

«Entschuldigen Sie», Bienzle schmunzelte. «Ich hab mir nur gerade überlegt, an wen Sie mich erinnern.»

«Und?»

«Es ist mir nicht eingefallen», log Bienzle. Von der Küche her breitete sich ein köstlicher Duft nach Kaffee aus. «Wird Herr Serkiniadse die Geschäfte weiterführen?», fragte Bienzle.

«Zuerst muss ich mir ein Bild machen.»

«Hoppla!»

Saskia Seyboldt lachte. «Ja, Sie trauen mir das auch nicht zu, stimmt's?»

«Schön, dass Sie schon wieder lachen können», entgegnete der Kommissar.

«Sie haben meinen Mann gekannt. Seit Jahren, wie Sie sagen. Was glauben Sie wohl, was das für eine Ehe war zwischen ihm und mir?»

Bienzle wurde verlegen, ohne sich selbst genau erklären zu können, warum. «Keine Ahnung», sagte er.

«Stefan war sehr reich. Sein Geld verdiente er auf sehr spezielle Weise, wie ich vermute. Aber er brauchte eine Insel, auf der er leben konnte, ohne an seine Geschäfte erinnert zu werden. Hier war seine heile Welt. Die Kinder und ich. Er konnte fuchsteufelswild werden, wenn irgendetwas von außen hier eindrang. Stefan war absolut perfekt darin, die beiden Welten zu trennen.»

«Und Sie?»

«Wenn Sie wüssten, wo ich herkomme!»

«Aber trotzdem müssen Sie sich doch gefühlt haben wie in einem Gefängnis.»

Saskia sah ihn offen an. «Genau so!»

Eine junge Schwarze brachte den Kaffee.

«Ich gehe davon aus, dass Sie einschätzen können, wie gefährlich Polnikow, Capelli und der Albaner sind. Vor allem, solange sie gemeinsame Sache machen.»

Saskia Seyboldt antwortete nicht gleich. Sie wartete, bis das Mädchen serviert hatte und hinausgegangen war.

«Ich sagte Ihnen doch, ich arbeite mich erst ein.»

«Wollen Sie etwa in diesem Haifischbecken mitschwimmen?»

«Das habe ich noch nicht entschieden.»

«Das Risiko ist zu groß, Frau Seyboldt. Die anderen wollen das Erbe Ihres Mannes unter sich aufteilen. Und die werden keine Rücksicht auf Sie nehmen. In dieser Welt sind die Spielregeln so einfach wie auf jedem Schulhof.»

«Ja, wahrscheinlich haben Sie Recht!»

Bienzle nippte an seinem Kaffee und sah die junge Frau über den Tassenrand an. Sie war also ein Erotik-Star gewesen. Das verstand er nicht. Was um Himmels willen fanden Zuschauer an so einer Frau erotisch? Ihre Fassade war so glatt, dass alles an ihr abzuperlen schien.

Unwillkürlich musste er an die beiden Frauen denken, denen er am Abend zuvor im *Diener* begegnet war. Jede von denen hatte im Augenwinkel mehr Erotik als diese junge Frau am ganzen Körper.

«Was denken Sie?», fragte Saskia Seyboldt, der die Pause zu lang geworden war.

«Ich denke, ich bin der falsche Mann am falschen Ort», sagte Bienzle mit einem schiefen Lächeln. «Sind Sie jemals in Schwaben gewesen?»

«Oh ja, mein Mann hat doch ein ‹Gütle› in Bodman am Bodensee.»

«Was hat der?»

«Kennen Sie Bodman?»

«Ob ich Bodman kenne? Ich hab einen Freund, der hat da ein altes Fachwerkhaus ausgebaut. Eigenhändig. Und immer wenn ich komm, hab ich da eine kleine Einliegerwohnung ganz für mich allein. Man glaubt's ja nicht! Der Seyboldt!» Bienzle konnte sich gar nicht beruhigen.

«Was irritiert Sie denn daran so?»

«Kennen Sie die Geschichte von dem Schwaben aus Tuttlingen, der weltweit Geschäfte gemacht hat? Mit komplizierten Medizingeräten, wenn i's recht woiß. Und der in Australien am Freitagabend sein Flugzeug versäumt hat?»

Saskia schüttelte verständnislos den Kopf.

«Die nächste Maschine war ausgebucht, und dann hat er erst wieder eine am Montag gekriegt.»

«Ja und?»

«Jetzt wartet Se doch, die Gschicht ist ja no ned aus. Wie er dann am Dienstagmorgen wieder daheim war, hat er seinem Prokuristen ganz verzweifelt erzählt: ‹Jetzt bin i das ganze Wochenende in Sidney g'hockt, und daheim hätt mr d'Bäum spritza müssa!›»

«Ich versteh nicht», sagte Saskia.

«Der hat genau so ein Gütle g'habt wie Ihr Stefan. Ihr Mann war genau so oiner wie seller Tuttlinger. Bloß dass seine Geschäfte halt bei weitem net so ehrenhaft waren wie die von dem.»

Saskia stand auf. «Ich glaube, wir haben alles besprochen.»

Bienzle stemmte sich aus seinem Sessel heraus. «Vertrauen Sie dem Josef Serkiniadse?», fragte er.

«Ich denke, vorerst ist es am besten, wenn ich niemandem vertraue.»

«Nur eine Frage noch, Frau Seyboldt. Wer, glauben Sie, ist für den Tod Ihres Mannes verantwortlich?»

«Ich habe keine Ahnung. Mir ist das alles ein absolutes Rätsel. Und ich fürchte, Ihnen geht es nicht anders.»

«Ja, so ist's am Anfang meistens», sagte Bienzle und reichte ihr die Hand. «Vielen Dank für den Kaffee. Ich glaub, ich hab in meinem ganzen Leben keinen besseren getrunken.»

«Ich werde es Sara ausrichten.»

«Kalt wie Hundeschnauze! Kalt wie Hundeschnauze!!» Bienzle stapfte mit langen schnellen Schritten den Majakowskiring hinunter. Ein undefinierbarer Zorn hatte ihn erfasst. Was glaubte diese Frau eigentlich. Wollte sie es wirklich mit der gesamten Berliner Mafia aufnehmen, falls man Capelli und Konsorten überhaupt so nennen konnte? Die Sonne hatte sich endgültig durchgesetzt. Ein paar flache Pfützen dampften am Straßenrand.

Maletzke und Neiberg fand er in der Polizeikantine, wenn auch an zwei verschiedenen Tischen. Als er sah, was es da zu essen gab, beschloss Bienzle, dass sein Frühstück bis zum Abend vorhalten würde. Er setzte sich zu Maletzke und winkte Neiberg, er solle doch rüberkommen.

Widerstrebend erhob sich der Kollege, nahm seine Bierflasche und sein Glas und setzte sich zu den beiden anderen.

«Es kann ja sein, dass der Seyboldt seine Frau aus allem rausgehalten hat, aber jetzt will sie voll rein», sagte Bienzle übel gelaunt.

«Kannst du mal ein bisschen deutlicher werden?», fragte Neiberg.

«Sie macht gerade eine Bestandsaufnahme, und danach überlegt sie sich, ob sie den Herren Polnikow, Capelli und dem Albaner … wie heißt der nochmal?»

«Joseph Cyslak», warf Neiberg ein.

«Also, sie überlegt sich, ob sie's mit den dreien aufnehmen kann.»

«Das glaubst du doch selber nicht!»

«Frauen sind unberechenbar», sagte Maletzke.

«Die drei haben übrigens einen Kondolenzbesuch gemacht. Gemeinsam! Ich hab ihre Autokennzeichen aufgeschrieben und sie fotografiert.» Bienzle schob die kleine Digitalkamera auf den Tisch.

Eine Viertelstunde später stöpselte Neiberg die Digitalkamera an seinen Computer. Alle drei Kommissare starrten auf den Bildschirm.

«Klasse», sagte Neiberg, «das sind sie. Alle drei! Wenn wir mal Fahndungsfotos brauchen …»

«Sag bloß, die habt ihr noch nicht?»

«Nee, da musste erst ein Hauptkommissar aus Stuttgart kommen, und natürlich musste erst der Vierte in diesem miesen Quartett sterben, damit wir die mal vors Rohr bekommen.» Neiberg druckte die Fotos aus und notierte die Kennzeichen der Autos.

«Man kann sogar die Bodyguards erkennen», sagte Maletzke. «Die vergleichen wir mal mit der Kartei!»

«Serkiniadse war übrigens bei ihr», sagte Bienzle. «Sieht so aus, als wolle er Seyboldts Geschäfte so schnell wie möglich übernehmen. Aber sie lässt ihn nicht ran!»

«Wo lässt sie ihn nicht ran?», feixte Neiberg. «An sich oder an die Geschäfte?»

«An die Geschäfte», sagte Bienzle und verstand immer besser, warum Maletzke Neiberg nicht leiden konnte.

An diesem Abend hatte Maletzke Zeit für ein Bier. Ins *Diener* wollte er aber nicht, «da trifft man zu viele Leute, die man kennt».

«Sieht so aus», sagte Bienzle und dachte an den vergnügten Abend tags zuvor. «Andererseits, wann hat man in unserem Beruf schon mal die Chance, Leute zu einem normalen Gespräch zu treffen?»

Später, als sie Ecke Kantstraße und Savignyplatz im *Zwiebelfisch* saßen, kam Maletzke nochmal auf das Thema: «Wenn du Rufbereitschaft hast und es passiert ein Mord, sind alle Verabredungen hinfällig.» Er nahm einen Schluck aus dem Bierglas. Maletzke trank dunkles Hefeweizen aus Bayern. «Und wenn du dann vor dem Opfer stehst.» Sein Blick wurde auf einmal stumpf. «Wie ich neulich. Die junge Frau war vergewaltigt und danach erdrosselt worden. Gar nicht weit vom Grunewaldsee. Und dann musst du die Nachricht den Eltern überbringen. Der Vater bricht zusammen, die Mutter erstarrt zu Eis. Und du ahnst, viele glückliche Momente werden die zwei nicht mehr haben in ihrem Leben. Wenn du da niemand hast, mit dem du reden oder mit dem du schweigen kannst...»

Bienzle nickte und dachte an Hannelore.

«Eine feste Beziehung ist das Wichtigste», fuhr Maletzke fort. «Irgendwer, auf den du dich verlassen kannst.»

«Bist du verheiratet?», fragte Bienzle und merkte gar nicht, dass er zum Du überging.

«Ja, Gott sei Dank. Wenn ich das höre: Der Kommissar als einsamer Wolf. Das hält doch keine Sau aus!»

Bienzle legte seine Hand auf den Arm des Kollegen. «Du

hast Recht!» Nun fiel es ihm doch auf, dass er Maletzke duzte, und sofort entschuldigte er sich dafür.

Aber Maletzke sagte nur: «Wenn du magst, bleiben wir dabei.»

«Gern!» Bienzle freute sich.

Vierter Tag

Saskia Seyboldt hatte mit ihren Kindern telefoniert, ehe sie im Untergeschoss des Hauses in den Pool gesprungen war. Da außer ihr nur Sara im Haus war, schwamm sie nackt. Ihre Züge waren kräftig und blieben es auch noch nach mehr als dreißig Bahnen. Sie hatte Kraft und zeigte Ausdauer. Als es an der Haustür klingelte, stieg Saskia aus dem Becken und zog einen flauschigen schwarzen Bademantel an, sie schüttelte ihre nassen Haare und schlüpfte in hochhackige Pantoffeln. Auf der breiten marmornen Treppe, die zum Erdgeschoss hinaufführte, kam ihr Josef Serkiniadse entgegen.

«Hab ich dich rufen lassen?», fragte Saskia in herrischem Ton.

Serkiniadse packte ihr Handgelenk. «Lass endlich diese Spielchen, Cinderella!»

Cinderella, so hatte sie Stefan Seyboldt immer genannt. Und selbst von ihm hatte sie sich das nur höchst ungern gefallen lassen. Sie entriss dem Georgier ihren Arm. «Lass das gefälligst!»

Serkiniadse hob abwehrend beide Hände. «Du willst der Boss sein? Gut! Ich akzeptiere. Aber ich fürchte, du weißt nicht, was auf dem Spiel steht. Noch in dieser Woche tagt im Bundestag der Kriegswaffenkontrollausschuss, und uns fehlt noch immer eine Stimme.»

«Ich mach das schon», sagte Saskia. Sie stieg die Treppe

hinauf. Serkiniadse folgte ihr, und wieder trat die markante Ader auf seiner Stirn blaurot hervor. Er ballte die Fäuste. «Trinken wir einen Kaffee zusammen?», rief Saskia vom oberen Treppenabsatz zu ihm herab.

«Ja, gern!»

Saskia drehte sich zu ihm um. «Und nenn mich nie wieder Cinderella!»

Bienzle klingelte um die gleiche Zeit am Gartentor der Villa Serkiniadses in der Lassenstraße. Bärbel Stelzer öffnete. «Er ist leider schon weg», sagte sie.

«Macht nix, dann schwätzet mir zwoi a bissle mitnander, wenn Sie Zeit haben.»

Hinter dem Haus befand sich eine Terrasse, die nach Süden ging und mit einer Eibenhecke eingefriedet war. Dort setzten sie sich in zwei hochlehnige Holzsessel.

Bärbel schenkte Kaffee ein. Dann nahm sie aus einem Eiskübel eine Flasche Champagner, die schon halb geleert, aber mit einem silbernen Verschluss luftdicht verschlossen war. Sie schenkte Bienzle ein.

«Dürfen Sie das denn?», fragte Bienzle.

«Ich soll sogar, sagt mein Chef. Er mag's, wenn ich lustig bin und bei der Arbeit a bissle sing!»

«Ja, so einen Chef kann man suchen», Bienzle nippte an dem Glas. Der Champagner war von erlesener Qualität. «Also meiner dät nie auf die Idee kommen.»

Bärbel quittierte Bienzles Ausspruch mit einem glucksenden Lachen. «Des kann i mir vorschtella», sagte sie in breitestem Schwäbisch.

Bienzle räusperte sich. «Sie müssen mir jetzt nicht antworten, wenn Sie nicht wollen. Aber können Sie mir erklären, warum Stefan Seyboldt den Herrn Serkiniadse zu seinem Vertrauten gemacht hat? In Stammheim hat er noch versucht, ihn zu ermorden.» Er schenkte es sich, Barbara Stelzer zu erklären, wie das geschehen sollte.

«Über so was spricht der Herr Serkiniadse doch nicht mit mir!» Bärbel empörte sich förmlich. «Ich hab allerdings amal g'hört – ganz zufällig, nicht dass Sie denken, ich hätt gehorcht ...»

Bienzle winkte ab. «So was würd ich doch niemals von Ihnen denken.»

«Also damals ist er ziemlich aufgeregt gewesen. Richtig laut ist er geworden ...»

Bienzle atmete bewusst und zwang sich zur Ruhe, um der jungen Frau Zeit zu lassen. Aber sie redete nicht weiter. «Um was ist es denn gegangen?», fragte der Kommissar.

«Die Waffen werden nicht über Dänemark trans ... portiert ... oder so, es ist aber ein anders Wort gewesen.»

«Transferiert», bot Bienzle an.

«Ja genau, das war's. Also, er hat gesagt: ‹Du weißt genau, sie können nur Teil einer normalen Lieferung sein.› Und dann hat er noch gesagt: ‹Also wenn's nach mir geht, lassen wir Polnikow draußen.› Das ist mir nur eingefallen, weil doch der Polnikow jetzt umbracht worde ischt.»

Bienzle sah die Haushälterin aus schmalen Augen an. So unbedarft, wie die tat, war sie garantiert nicht.

«Und dann hat er noch gesagt, dass nur er den Keuerleber dazu bringen könnt, den Waffenlieferungen zuzustimmen.»

«Keuerleber?» Bienzle wusste, dass es einen württembergischen Bundestagsabgeordneten gab, der so hieß. Er wusste allerdings nicht, welcher Partei der angehörte. Aber so war das ja heute. Austauschbare Funktionierer waren das, die das Volk im Bundestag vertraten.

Bienzle trank noch ein Glas von Serkiniadses vorzüglichem Champagner und schaute in den blauen Berliner Himmel hinauf. Das Licht hier war anders als zu Hause: heller, klarer und viel durchsichtiger.

Saskia Seyboldt und Josef Serkiniadse saßen im Wintergarten der Villa am Majakowskiring.

«Ich habe mich damals für deinen Mann entschieden. Ich hatte auch andere Angebote», sagte Serkiniadse und schlürfte Saras Kaffee.

«Tut mir Leid. Von dem allem weiß ich nichts. Stefan hat mich ja ganz gezielt aus allem rausgehalten.»

«Jedenfalls lass ich mich jetzt nicht rausdrängen», sagte Serkiniadse.

«Wer will das denn?»

«Ja, wer wohl?» Ein aasiges Lächeln überzog Serkiniadses Gesicht. «Aber glaube ja nicht, dass dir das gelingt. Dafür weiß ich zu viel.»

«Vielleicht wusste Polnikow auch zu viel», sagte Saskia, ohne eine Miene zu verziehen. «Und Polnikow ist tot. Was nützt ihm sein Wissen jetzt?»

Serkiniadse sah die junge Frau überrascht an. Das waren Töne, die er noch nie aus ihrem Mund gehört hatte.

«Was weißt du über Polnikow?»

«Nichts! Bis jetzt. Aber ich glaube nicht, dass Stefan ihn umbringen ließ.»

«Und du hast dir vorgenommen, dich darum zu kümmern?», fragte Serkiniadse.

«Aber ich bitte dich, Josef. Wie kommst du denn auf so was? Du wirst doch nicht im Ernst glauben, dass ich mich in eure Spiele einmische.»

«Spiele nennst du das. Saskia, das ist blutiger Ernst!»

«Das ist es ja gerade: Ihr lasst euch auf Dinge ein, die ihr irgendwann einmal nicht mehr beherrschen könnt.»

«Vielleicht hast du Recht. Aber das sollte dir dann auch eine Lehre sein.»

«Ich habe keine Ahnung, worüber du redest.» Sie erhob sich. «Tut mir Leid. Ich hab noch wahnsinnig viel zu tun.»

Bienzle hatte inzwischen einen eigenen Schreibtisch in der Keithstraße. Er war mit der Längskante gegen Maletzkes Tisch gestellt worden. Hier saß Bienzle nun, die Beine weit von sich gestreckt, die Lehne des Stuhls schräg gegen die Wand gekippt und seine Daumen in den Hosenbund gehakt. Die Augen hatte er geschlossen.

Die Tür wurde so forsch aufgerissen, dass er sofort wusste, das konnte nicht Maletzke sein. Ohne die Augen zu öffnen, sagte Bienzle: «Na, Matthias, was Neues?»

«Wir haben einen Hinweis, dass heute Nacht ein Flugzeug mit Fracht aus Russland kommt», sagte Neiberg.

«Großeinsatz?» Bienzle hielt die Augen immer noch geschlossen.

«Ja, was denn sonst?»

«Der Maletzke hat's ja g'sagt. Wenn du in Bereitschaft bist, kannst du keine privaten Verabredungen treffen.»

«Hast du denn welche getroffen?»

«Ja, mit dem Schriftsteller, aber des lauft mir ja net davon!»

Er öffnete die Augen. «Kennst du eigentlich die Frau Seyboldt?»

«Nein. Wir haben sie nie einvernommen.»

«Schad!»

«Warum?»

«Vielleicht hättest du einschätzen können, ob die imstand ist und den Job ihres verstorbenen Mannes macht.»

«Ausgeschlossen!»

«Der Schriftsteller hat mir eine Geschichte erzählt. Ein Freund von ihm, ein Serbe oder Kroate oder Serbokroate, was weiß ich...»

«Du mit deinen Geschichten!»

«Der Mensch braucht Geschichten, wie soll er sich sonst sein eigenes Leben erzählen, sagt der Peter Bichsel. Also pass auf. Der Mann ist Dokumentarfilmer. Er wollt einen Film über den Chinesenmarkt in Budapest drehen.»

«Was ist denn das?»

«Der zentrale Umschlagplatz für alle Schwarzmarktgeschäfte auf dem Balkan. Und den hat ein einziger Mann beherrscht. Dieser Mann ist eine Woche bevor der Dokumentarfilmer ankam, umgebracht worden. Er hatte ihm aber noch die Genehmigung erteilt, dort filmen zu dürfen.»

«Ja, und?»

«Jetzt wart halt! Seine Witwe hatte von nichts eine Ahnung. Die hat er im goldenen Käfig gehalten, mitsamt seinen Kindern. Die Familie war überzeugt davon, dass er nur seriöse Geschäfte machte. Und jetzt kommt der Filmemacher dort an, findet seinen Gönner nicht mehr vor, und die Frau sagt eiskalt: Sie müssen jetzt mit mir verhandeln, und ich gebe Ihnen keine Dreherlaubnis auf dem Chinesenmarkt, es sei denn, Sie zahlen mir 20 000 Dollar!»

«Und wie viel hatte ihr Mann verlangt?» Neiberg schien nun doch interessiert zu sein.

«Nichts!»

«Und was sagt uns das?»

«Ich weiß nicht. Du kennst ja die Frau Seyboldt nicht. Sagt dir der Name Keuerleber etwas?»

«Wenn du Hans Keuerleber meinst: CDU-Abgeordneter aus Biberach oder Ravensburg.»

«Mitglied des Kriegswaffenkontrollausschusses», ergänzte Bienzle.

«Und wie kommst du jetzt grad auf den?»

«Er hat Seyboldt wohl Schwierigkeiten gemacht. Bei irgendeinem Waffengeschäft.»

«Sagt wer?»

«Die Barbara Stelzer hat das zufällig mitgekriegt.»

«Und du meinst, das ist für uns von Interesse?»

«Ich versuch mal, dahinter zu kommen.»

Neiberg verließ genauso eilig das Zimmer, wie er es betreten hatte. Bienzle kippte seinen Stuhl wieder gegen die Wand, streckte die Beine aus und schloss die Augen.

Als zehn Minuten später Maletzke hereinkam, sagte Bienzle: «Wir sollten alles über die Frau Seyboldt in Erfahrung bringen.»

«Da haben wir eine junge Kollegin, die macht so was klasse. Miriam Köhler. Die wird dir gefallen.»

Miriam Köhler war knapp eins sechzig groß und ein bisschen pummelig. Trotzdem trug sie sehr knappe Jeans und eine etwas zu enge Bluse. Als sie Bienzles Blick bemerkte, sagte sie: «Ja, ist ja gut. Immer denk ich, ich nehm doch noch mal ab und dann pass ich da super rein!»

Bienzle lachte: «Oh, das kenn ich. Und wie ich das kenn! In meinem Schrank hänget a Haufe Sache, die mir erst wieder passen, wenn ich amal in einer sechswöchigen Schlankheitskur mindestens fünfzehn Kilo abgenommen hab. Aber wer genehmigt mir eine sechswöchige Kur?»

Die junge Kollegin lächelte ihn an, und mit diesem Lächeln hätte sie sogar noch ein paar Kilo mehr wiegen dürfen, fand Bienzle.

«Ich war beim Einwohnermeldeamt. Das ist ja alles nicht mehr so einfach mit dem Datenschutz.»

«Ja, ich kenn das. Eine richtige Kugelfuhr!»

«Eine was?»

«Nicht so wichtig. Ich vergess immer wieder, dass ich ja in Berlin bin. Vor allem dann, wenn ich so eine sympathische Kollegin treffe wie Sie.»

«Also», Miriam war nicht besonders beeindruckt, «Saskia Seyboldt ist eine geborene Siebeneicher und stammt aus Furtwangen im Schwarzwald.»

«Das weiß sie aber ganz schön zu verbergen.»

«Warum?»

«Weil sie ihren heimischen Dialekt komplett abgelegt hat.»

«Muss ja nicht verkehrt sein», sagte Miriam Köhler.

«Wenn wir mal ein bisschen Zeit haben, diskutieren wir darüber», gab Bienzle zurück.

«Okay, machen wir. Sie wollte eigentlich Abitur machen, aber da hat sie irgendein Sexfilmer entdeckt.»

«In Furtwangen??», fragte Bienzle ungläubig.

«Nein, in Cannes. Sie ist da hingefahren, hat sich am Strand ausgezogen, wie ein paar Dutzend anderer Mädchen auch, und kostenlos das geile Nacktmodell für eine Horde von Fotografen gespielt.»

«Wie kommt a Mädle aus Furtwangen bloß auf so was?»

«Keine Ahnung. Jedenfalls hat sie so ein Typ aus Holland abgeschleppt und ein paar typische Waschküchenfilme mit ihr gemacht. Softporno. Ohne Penetration, alles gespielt. Später aber …»

«So genau will ich's gar nicht wissen», sagte Bienzle.

«Und überhaupt: Erfährt man so was beim Einwohnermeldeamt?»

«Nee, da muss man schon ein bisschen recherchieren. Erst findet man einen Film im Internet, dann ermittelt man den Regisseur. Der mauert, aber rückt am Ende doch den Namen eines Produktionsleiters raus. Der kennt den Kameramann, der drei Jahre lang mit Saskia Vermeer alias Siebeneicher alias Seyboldt gearbeitet hat. Und der ist stinksauer auf sie, weil sie just mit diesem Seyboldt abgehauen ist, und erzählt prompt alles über sie, was er weiß.»

Bienzle sagte begeistert: «Also, Sie sind wirklich Klasse!»

«Sie aber auch», antwortete Miriam Köhler.

«Warum, wer sagt das?»

«Matthias Neiberg sagt das, der erzählt ja wahre Wunderdinge über Sie!»

«Ach der Neiberg. Der hat schon immer übertrieben.»

«Offenbar können Sie mit Lob auch nicht viel besser umgehen als ich», sagte Miriam und zeigte wieder ihr umwerfendes Lächeln.

Der Flugplatz, auf dem der russische Flieger landen sollte, lag etwa sechzig Kilometer nördlich von Berlin, in der Nähe von Eberswalde. Die Kripo-Einsatzgruppe unter Führung von Matthias Neiberg erreichte den Standort kurz nach Mitternacht.

Das klare Wetter hatte angehalten. Die Temperaturen waren allerdings nach Einbruch der Nacht drastisch gesunken. Kein Wunder bei dem klaren Himmel und der scharfen östlichen Luftströmung, die über das flache Land hinwegzog.

Der ehemalige Flugplatz war mit Wällen umgeben, die den Männern des Einsatzkommandos ideale Deckung boten. Im Licht des Mondes sah man drei lang gezogene, flache Baracken, dahinter die Piste, die sich nach Norden in der Dunkelheit verlor.

Bienzle spürte ein seltsames Kribbeln in der Magengegend. Wann war das das letzte Mal bei solch einem Einsatz dabei gewesen? Das war Jahre her.

Ihm fiel die Panne am Grenzübergang Lindau ein. Damals war er der Einsatzleiter gewesen. Es ging um illegale Fleischtransporte nach Ungarn und zurück. Sie wurden hin- und hergekarrt, und jedes Mal kassierte der Ex- und Importeur Subventionen aus Brüssel. Der Zugriff war klar durchgesprochen gewesen. Und ausgerechnet sein bester Freund, der Kollege Günther Gächter, hatte durchgedreht und ohne Not geschossen. Ein harmloser Lastwagenfahrer musste sterben. Das war genau der Fall, bei dem er den Schriftsteller zum ersten Mal getroffen hatte. Und der hatte dann auch noch die Stirn gehabt, einen Kriminalroman daraus zu machen.

Bienzle war froh, dass er die Gedanken daran verdrängen konnte, weil just in diesem Augenblick das dumpfe Brummen einer Propellermaschine zu hören war. Hinter den Baracken loderten plötzlich giftig gelbe Flammen aus alten Benzinfässern auf. Offenbar markierten die Hilfskräfte so die Landebahn.

Neiberg sprach halblaute Anweisungen in sein Walkie-Talkie. Ein paar der Männer sprangen über den Kamm des Walls und näherten sich geduckt den Baracken. Ihre Waffen hatten sie im Anschlag. Aus den Augenwinkeln sah Bienzle, wie die Mannschaftswagen, die unter Bäumen versteckt waren, ihre Motoren anließen. Die Auspuffrohre stießen graue Wölkchen aus. Die Triebwerke der einschwebenden Antonow übertönten bereits jedes andere Geräusch.

Jetzt sah man auch schon die Scheinwerfer des Flugzeugs, die helle Keile in die Dunkelheit zeichneten. Die Umrisse der Maschine waren zu erkennen. Noch hundert Höhenmeter vielleicht, bis sie aufsetzen würde, achtzig, sechzig ... «Zugriff!», schrie Neiberg in sein Funksprechgerät. Die Einsatzwagen rollten aus ihren Verstecken und auf das offene Flugfeld hinaus.

Gegen das gelbe Licht der Benzinfeuer sah man die schwarzen Umrisse der Männer, die geduckt auf die Rollbahn zuliefen.

Bienzle ließ sich Zeit. Die Hände auf dem Rücken verschränkt, stand er auf dem Wall und sah, wie das Flugzeug aufsetzte. Die Piste war uneben. Die Maschine holperte über die Bahn und wurde nun schon von zwei Mannschaftswagen der Polizei eskortiert.

Ein Trupp des Einsatzkommandos nahm die Männer fest, die das Flugzeug erwartet hatten. Keiner leistete Gegenwehr. Die Übermacht war zu groß. Die perfekt ablaufende Aktion der Polizei hätte noch ganz andere Leute eingeschüchtert. Das musste man Neiberg lassen, wenn er so etwas plante, überließ er nichts dem Zufall.

Die Transportmaschine kam kurz vor dem Ende der Rollbahn zum Stillstand. Die Tür öffnete sich, eine Leiter wurde herausgeschoben. Ein hagerer Mann in einer Lederjacke mit dickem Pelzkragen, offenbar der Pilot, stieg als Erster heraus. Als er den Boden erreichte, flammten die Scheinwerfer der Polizeifahrzeuge auf. Das ganze Szenarium war plötzlich hell erleuchtet. Ein geradezu unwirkliches Bild, fand Bienzle. Irgendwie sah das nach Kino aus.

Nacheinander kletterten sechzehn junge Frauen aus dem Flugzeug und wurden von den Beamten in einen Bus begleitet, der sie in die Stadt bringen sollte. Um die beiden Piloten kümmerte sich Neiberg persönlich.

Die Baracken waren in einem trostlosen Zustand. Zwei wurden offensichtlich schon seit Jahren nicht mehr benutzt. In der dritten standen ein paar Feldbetten, ein großer Tisch, vier Stühle und um eine alte Munitionskiste herum ein paar durchgesessene Autositze. Es roch nach kaltem Rauch und abgestandenem Bier. Das Licht kam von einer nackten Glühbirne, die von der Decke herabhing. In einem runden Käfig von gut einem Meter Durchmesser saß ein Rabe und beobachtete die Menschen mit schief gelegtem Kopf. Sobald jemand etwas sagte, begann er zu krächzen. Es stellte sich heraus, dass der Vogel Pjotr gehörte, einem etwa fünfunddreißigjährigen Russen, der nur Trainingshosen, Turnschuhe und ein Tank-Top trug. Er hatte die Figur eines Bodybuilders, der sein Training schon seit Jahren übertrieb. Pjotr war der Einzige, der deutsch sprach.

Miriam Köhler notierte die Daten aus den Pässen der Russen, die nun in einer Reihe auf den Stühlen saßen, die Neiberg eigenhändig dicht an der Wand aufgereiht hatte. Der Polizeifotograf lichtete die Männer ab.

Bienzle schaute den Festgenommenen nacheinander ins Gesicht. An Pjotr blieb sein Blick hängen. Bienzle trat neben Neiberg und sagte leise: «Der dort war gestern vor Seyboldts Haus dabei. Einer der Bodyguards. Auf den Fotos werden wir ihn wiedererkennen.»

«Sehr gut», gab Neiberg zurück.

Die Verhöre hatten nur wenig ergeben. Neiberg und Bienzle waren danach in Neibergs Dienstwagen in die Stadt zurückgefahren. Von Osten her breitete sich eine diffuse Helligkeit aus. Vorahnung der Dämmerung. Flaches Land rundum. Als Bienzle darauf hinwies, lachte Neiberg. «Märkische Heide, märkischer Sand... Wer die Schwäbische Alb und den Schwarzwald liebt, kann hier nur schwermütig werden. Dabei gibt es so wunderbare Seen rund um Berlin.»

Ob er denn manchmal dazu komme, hier zu wandern, fragte Bienzle.

«Nie! Ich fahre lieber mit dem Schiff über die Havel oder die Kanäle hinauf bis zur Ostsee.»

Auf dem Kudamm hielt Neiberg vor einem Café. «Komm, lass uns frühstücken!» Sie betraten einen riesigen hohen Raum, der mit roten Plüschstühlen und -bänken ausgestattet war und einen Hauch von Wiener Kaffeehaus verströmte. An den Wänden hingen moderne Bilder. Nur an wenigen der schwarzen Holztische saßen Menschen. Die dominierenden Sprachen schienen Polnisch und Russisch zu sein.

«Woher wusstest du denn, wo und wann die Maschine landen würde?», fragte Bienzle.

«Ein Tipp!»

«Von wem?»

Neiberg zündete sich eine Zigarette an, blies den Rauch in die Luft und schwieg.

«Du hast gute Kontakte», sagte Bienzle.

«Kann man so sagen.»

Die Bedienung brachte zwei Schalen Milchkaffee. Bienzle genoss den ersten Schluck.

«Du hast doch gesagt, das Geschäft mit den Prostituierten aus Russland...»

«Das sind keine Prostituierten, die werden erst dazu gemacht. Man nimmt ihnen die Pässe weg, sperrt sie ein, und ein paar besonders harte Burschen reiten sie dann zu.»

Bienzle schauderte. Wie konnte einer nur so reden. «Aber du hast gesagt, das war Polnikows Geschäft.»

«Ja.»

«Aber Polnikow ist tot!»

«Die andern leben noch. Man muss jetzt nur wissen, wer seine Geschäfte übernommen hat. Capelli, der Albaner oder der junge Polnikow.»

«Der Typ mit dem Raben. Der hat – wenn ich mich recht erinnere – vor Seyboldts Haus den Schlag für Ismail Polnikow geöffnet. Auf den Bildern können wir das sehen.»

«Das würde bedeuten, dass der jüngere Polnikow nahtlos eingestiegen ist.»

«Hältst du das für möglich?»

«Nur wenn Capelli und Cyslak zugestimmt haben. Das sind ja auch nicht die großen Deals. Da kann man in diesen Kreisen schon mal großzügig sein.»

«Und was sind die großen Deals?»

«Waffen. Möglichst unter einem legalen Deckmantel.» Neiberg bestellte einen doppelten Korn. «Nach so ′ner Nacht brauch ich das. Da haben nach meinen Infos Seyboldt und Polnikow zusammengearbeitet.»

«Und trotzdem – glaubst du – hat Seyboldt den älteren Polnikow umbringen lassen?»

«Es kommt immer der Punkt, wo einer denkt, jetzt kann er das Geschäft alleine machen.»

Neiberg kippte den Schnaps. «Wir kommen voran», sagte er danach. «Je unsicherer die werden, je mehr sie sich misstrauen, umso besser. Entweder sie erledigen sich selber, oder wir kriegen sie schließlich klein!»

«Klingt, als würdest du Krieg führen gegen die.»

«Ja sicher, die führen doch auch Krieg gegen uns!»

«Wen – uns?»

«Die zivilisierte Gesellschaft. Was glaubst du denn, von wem die Terroristen rund um die Welt ihre Waffen kriegen?»

Bienzle gähnte. «Wenn man denkt, was du in Stuttgart noch für ein friedlicher Zeitgenosse gewesen bist!»

Fünfter Tag

Maletzke hatte Besuch, als Bienzle drei Stunden später in sein Büro trat. Ein hagerer Mann um die fünfzig mit dünnem blondem Haar und einem bleichen Gesicht, das von mehreren senkrechten Falten durchzogen war, lehnte am Aktenschrank. Er hatte eine Zigarette im Mundwinkel, die er aber nicht angezündet hatte. Er deutete mit dem Zeigefinger darauf und sagte: «Maletzke zuliebe. Sie müssen Bienzle sein.»

«Mein Kollege Meffert», stellte Maletzke vor. «Waffenhandel, Falschgeld.»

«Sie haben neulich gegenüber dem Kollegen Neiberg den Namen Keuerleber erwähnt. Kennen Sie den Bundestagsabgeordneten näher?»

«Überhaupt nicht!»

«Sie sollten ihn aber kennen lernen.»

«So? Und warum?»

«Sie sind doch auch Schwabe.»

Bienzle grinste. «Das allein kann kein Grund sein.»

«Sie kommen bestimmt besser an ihn heran als jeder von uns.»

«Neiberg ist auch Schwabe.»

Maletzke und Meffert schwiegen unisono.

«Gut. Sagen Sie mir dann auch noch, worum's geht?»

«Der zuständige Bundestagsausschuss und der Sicherheitsrat müssen einem Waffentransfer zustimmen, den Seyboldt eingefädelt hat. Wir sind sicher, dass die Waffen, die da auf der Liste stehen, nur von den interessanten Sachen ablenken sollen.»

«Klingt a bissle kompliziert.»

«Ist aber im Grund ganz einfach. Wir wissen, was die Abnehmer am dringendsten wollen: neue elektronische Leitsysteme für Lenkwaffen. Viel genauer als alles, was es bisher gab.»

«Ich versteh immer noch nichts!»

«Wir können leider nicht mehr ganz ausschließen, dass Seyboldt sich einen Prototyp beschafft hat. Wenn nicht gar Kopien der Konstruktionsunterlagen.»

«Hausdurchsuchung!», knurrte Bienzle.

«Vergiss es!» Zum ersten Mal mischte sich Maletzke ein. «Oder hast du eine Vorstellung, wo er das Zeug versteckt haben könnte?»

«Komm, Norbert, lass uns a paar ganz normale Mordfäll klären!»

«Der Tod von Stefan Seyboldt ist unser Mordfall.»

«Gut, dass du mich wieder dran erinnerst. Fragen wir uns wie immer: Wem hat sein Tod genutzt, wer hatte ein Motiv und wer hatte die Gelegenheit?»

«Wenn's immer so einfach wäre», meldete sich Meffert.

«Wer hat g'sagt, dass des einfach ist. Aber übersichtlicher ist es meistens schon.»

«Wir gehen davon aus», sagte Meffert, «dass der Mord an Seyboldt kein Racheakt eines Konkurrenten war. Auch eine Eifersuchtstat der Ehefrau schließen wir aus.»

«Ich auch, seitdem ich sie kennen gelernt habe», warf Bienzle ein. «Was ist mit Polnikows Bruder?»

«Nehmen wir mal an, Polnikow musste sterben, weil er

an das neue Steuersystem für die Lenkwaffen heranwollte.»

«Neiberg behauptet, Polnikow und Seyboldt hätten beim Waffenhandel gemeinsame Sache gemacht, wenigstens eine Zeit lang.»

«Das deckt sich mit unseren Erkenntnissen», sagte Meffert.

«Also kann man doch davon ausgehen, dass Polnikow das Geschäft alleine machen wollte und deshalb sterben musste.»

«Oder umgekehrt: Seyboldt wollte das Geschäft alleine machen und hat deshalb Polnikow aus dem Weg geräumt», meldete sich Maletzke.

«Oder es war ganz anders.» Meffert zog ein Feuerzeug aus der Tasche. «Ich muss jetzt eine rauchen. Tut mir Leid.»

Er hatte schon die Hand auf der Türklinke, als Bienzle sagte: «Und Serkiniadse? – In der Stuttgarter Vollzugsanstalt hat Seyboldt den Auftrag erteilt, ihn umzubringen. Später haben sie sich versöhnt, und Serkiniadse arbeitete für Seyboldt. Aber einer wie der spielt so ein Spiel lang und gut und wartet auf die richtige Gelegenheit.»

«Dann hätte Serkiniadse jetzt den Zugriff auf das System, meinen Sie?» Meffert schien diesem Gedanken etwas abgewinnen zu können.

Bienzle zitierte aus dem Gedächtnis: «Und dann hat er noch gesagt, dass nur er den Keuerleber dazu bringen könnt, den Waffenlieferungen zuzustimmen.»

Meffert fuhr herum. «Was war das?» Er schob das Feuerzeug in die Hosentasche zurück.

«Das war eine wörtliche Aussage der Hausangestellten Barbara Stelzer mir gegenüber. Und gemeint hat sie ihren Chef, den Herrn Serkiniadse. – Komisch, solche Sätz kann i mir merken, aber die einfachsten Namen entfallen mir von jetzt auf nachher, Herr … äh …»

«Meffert», sagte Meffert.

Maletzke schmunzelte.

«Ja, dann werd ich mir den Herrn Keuerleber doch amal ansehen», sagte Bienzle.

«Sie glauben auch immer noch: Gott ist gut, und auf der Welt müsste es gerecht zugehen.» Der CDU-Abgeordnete Jens Leitner sah mitleidig lächelnd auf seinen Begleiter hinab. Die beiden gingen über die großräumige Rasenfläche auf das Reichstagsgebäude zu. Sie hatten ihre Jacken über dem Arm und die Krawatten gelockert. Der Mann neben Leitner war höchstens 1,70 Meter groß, er hatte schütteres rotblondes Haar und ging mit leicht ausgestellten Füßen, wobei er seinen Bauch, über den sich eine bunt gemusterte Weste spannte, nach vorne schob. Aus dem runden Gesicht blitzten hinter dicken Brillengläsern zwei listige hellblaue Augen.

Den Tag über waren die Temperaturen immer weiter gestiegen. Jetzt näherte sich das Thermometer der 30-Grad-Grenze. Hans Keuerleber zog ein Stofftaschentuch aus seiner Hosentasche und wischte sich den Schweiß ab. «Diese Berliner Sommer», stöhnte er, «entweder man erkältet sich oder es ist gleich so heiß, dass man jeden Moment einen Hitzschlag kriegen kann.»

«Sie wären wohl auch lieber in Bonn geblieben.»

«Hundertprozentig. Dieser ganze Osten gefällt mir nicht.»

«Na ja, Sie sind katholisch und dann auch noch Schwabe», sagte Leitner. Er war über eins neunzig groß und sehr schlank. Dürr, wie Keuerleber fand. Zudem rachitisch.

Diese Haltung schon. Die Brust wölbte sich nach innen, und die Schultern fielen nach vorne. Dass Leitner bei jedem Schritt auf den Zehen zu wippen schien, hatte Keuerleber schon mal zu der Beschreibung verleitet: «Der kommt daher wie der Storch im Salat.»

«Ich bin ein christlicher Abgeordneter», sagte Keuerleber jetzt.

«Genau wie ich. Sie wissen doch aber auch, dass wir mit diesen Konflikten leben müssen.»

«Leben, aber wir müssen sie nicht auch noch schüren. Nur damit ein paar Rüstungsbetriebe ihren Reibach machen können, geb ich doch nicht meine Zustimmung für Waffenverkäufe in Regionen, wo unschuldige Menschen damit getötet werden könnten!» Keuerleber war stehen geblieben. Er gehörte zu den Menschen, die nie zwei Dinge auf einmal tun können. Entweder er ging, oder er argumentierte.

«Wenn wir's nicht tun, tun's andere», wendete sein Parteifreund ein, «nehmen Sie den Iran ...»

«Ja, eben», unterbrach ihn der Schwabe. «Von dort aus werden doch alle diese fundamentalistischen Gruppen versorgt. Denken Sie nur einmal an Algerien. Und wie das in Afghanistan genau war, wissen wir bis heute nicht. Und da wollen Sie Ihre Stimme dazu hergeben?!»

Leitner verdrehte die Augen. «Der gute Mensch aus Biberach ...! Sie wissen aber schon, dass Sie da im Widerspruch zu unserer ganzen Fraktion stehen?»

«Wenn's net anders geht ...!»

Die beiden zogen ihre Krawatten gerade, schlüpften in ihre Jacken und verschwanden im Reichstagsgebäude.

Auf einer Bank unter einer Kastanie mit Blick auf die Freitreppe vor dem Reichstagsgebäude saß Saskia Seyboldt.

Neben ihr eine Frau Mitte dreißig, die ihr volles schwarzes Haar straff nach hinten gekämmt und in einem Knoten zusammengefasst hatte, wie man das von Balletttänzerinnen kennt. Ihre Gesichtsfarbe war ungewöhnlich hell, die dunklen Augen über den hohen Wangenknochen kontrastierten mit dem Weiß der Haut, das sie durch ihr Make-up noch unterstützte.

Henriette Kimmich besaß ein Übersetzungsbüro und vermittelte Dolmetscher und vor allem Dolmetscherinnen, die auf Wunsch auch ausländischen Besuchern als Begleiterinnen durch Berlin zur Verfügung standen. Frau Kimmich legte aber größten Wert darauf, dass ihre Dienstleistungen absolut seriös blieben. Wenn ein Gast andere Wünsche hatte, kooperierte sie mit einer Agentur, die auch Partnerinnen für eine Liebesnacht bereithielt.

«Der im Zweireiher ist Dr. Andreas Leitner von der CDU. Wir haben zusammen studiert», sagte Henriette Kimmich.

«Dann sind die Informationen von ihm?»

Henriette zog es vor, nicht darauf zu antworten. Stattdessen sagte sie: «Und der andere ist Keuerleber.»

Dr. Leitner und Keuerleber durchschritten die Gänge des Reichstagsgebäudes zu dem Saal, in dem ihr Ausschuss tagen sollte. Hier drin schuf die Klimaanlage eine angenehme, wohltemperierte Kühle.

«Mir ist zu Ohren gekommen», sagte Keuerleber und blieb schon wieder stehen, «dass der Waffenhändler, der das Geschäft abwickeln will, ein mehrfach vorbestrafter Mensch ist.»

«Er ist Schwabe wie Sie», feixte Leitner und ruckte seine hängenden Schultern ein wenig in die Höhe.

«Lompa gibt's überall!»

«Im Übrigen ist der Mann überraschend verstorben. Vorgestern.»

«Ach was?! – Herzinfarkt?»

«Maschinenpistole – getroffen von sieben Schüssen!»

«Freut Sie des?» Keuerleber schaute Leitner von schräg unten ins Gesicht.

«Ich denke, wir können jetzt alles in seriösere Bahnen lenken, und Sie werden es dann auch leichter haben, genauso zuzustimmen wie die ganze restliche Fraktion.»

Die Tür vor ihnen wurde von einem Saaldiener des Bundestags geöffnet. Sie schritten gemeinsam hindurch.

Saskia Seyboldt und Henriette Kimmich hatten sich von der Parkbank erhoben. Sie reichten sich die Hand und gingen in zwei verschiedene Richtungen davon. Frau Seyboldt lief fast in Bienzle hinein, der mit seiner kleinen Digitalkamera den Reichstag ablichtete.

Er war leicht in die Knie gegangen und hatte den Kopf weit nach hinten gelegt. Offensichtlich wollte er nur die Kuppel fotografieren.

«Herr Bienzle, was machen Sie denn hier?», fragte Frau Seyboldt.

«Na ja, ich werd hier nimmer gebraucht. Den Rest schaffet meine Kollegen auch ohne mich. Aber mein Flieger geht erst am Samstag. Jetzt mach ich a bissle den Touristen, und das alles auf Spesen. Ist doch nicht schlecht.»

Frau Seyboldt lachte. «Sie sind ein typischer Schwabe!»

«Na ja, Sie müsset's ja wissen!»

«Warum ich, ach, Sie denken, wegen meinem Mann?»

«Oder liegt Furtwangen schon im Badischen?», fragte Bienzle.

«Guten Tag!» Frau Seyboldt ließ ihn stehen und ging rasch auf das Reichstagsgebäude zu. Aus lauter Übermut knipste Bienzle nun auch noch ihre Rückenansicht. Bilder von vorne hatte er schon genug. Auch von der Dame, mit der sich Frau Seyboldt unterhalten hatte. Und wieder fiel ihm auf, wie wenig ihn eine so makellose Figur beeindruckte.

«Ich kann nur sagen, wir können unsere iranischen Partner nicht mehr länger hinhalten.» Fraktionschef Seliger, ein wuchtiger Kerl um die vierzig mit einem viereckigen Gesicht, verlor langsam die Geduld.

«Und unsere Arbeitnehmer auch nicht», warf Leitner ein, «bitte, ich habe hier eine Studie, wie viele Arbeitsplätze von dieser Lieferung abhängen …»

Keuerleber beugte sich zu Biggi Beutler von den Grünen hinüber. «Ich hab's ja gewusst: ein heimliches Arbeitsbeschaffungsprogramm … Aber so hab ich's mir nicht vorg'stellt!»

Ein PDS-Mann, dessen Namen sich Keuerleber nicht merken konnte, rief dazwischen: «Die Haltung meiner Fraktion ist klar. Wir lehnen die Lieferung schwerer Waffen in Krisengebiete grundsätzlich ab.»

«Ja, das wissen wir ja nun», kam es gleich von mehreren Abgeordneten.

Der Ausschuss war eigentlich gut besetzt. Die meisten Mitglieder hielten ihre Profilsucht im Zaum. Aber es kam doch immer wieder zu Situationen, in denen jeder um den kleinsten Platzvorteil rangelte. Gerade jetzt, wo der CDU-Entwurf auch von drei SPD-Abgeordneten unterstützt wurde. Man munkelte, dass deren plötzlicher Sinneswandel nicht allein ihrem Gewissen geschuldet war, und machte dabei mit Daumen und Zeigefinger eine viel sagende Geste.

Leitner, der im Ausschuss eine wichtige Stimme hatte, meldete sich: «Nun würde ich Persien nicht gerade als Krisengebiet bezeichnen, da gibt es andere …»

«Und die werden dann von Persien aus beliefert», sagte Keuerleber.

Der SPD-Abgeordnete Johannes Baltrup klingelte sacht mit der Glocke des Vorsitzenden. «Meine Damen und Herren, auf jeden Fall müssen wir heute zustimmen oder ablehnen. Von unserem Beschluss hängen die Lieferungen schließlich ab!» Dann wandte er sich an Keuerleber: «Und Ihre Fraktion hat sich doch bereits positiv zu den Lieferungen geäußert!»

Keuerleber ruckte nervös auf seinem Stuhl herum. «Ich fühle mich in dieser Sache nicht an den Fraktionszwang gebunden!»

«Darüber reden wir noch», bellte Fraktionschef Seliger.

«Gern», sagte Keuerleber, «vielleicht kann ich Sie ja überzeugen.»

An dieser Stelle stand später im Protokoll: ‹Allgemeine Heiterkeit›.

Manchmal war ja auch ein Polizeiausweis nützlich. Bienzle war ohne weiteres in den Reichstag gelassen worden, als er ihn vorgezeigt hatte. Ihm gefiel es hier drin, obwohl er sich ein paar Mal verlaufen hatte. Immerhin gelangte er so auch in die Gänge, in denen die Graffiti der russischen Soldaten, die den Reichstag 1945 erobert hatten, noch erhalten oder wiederhergestellt worden waren.

Eine Schrift in gleichmäßigen kyrillischen Buchstaben hatte es ihm besonders angetan. Womit hatte der Mann sich da verewigt? Mit einem Stück Kohle? Eine ältere Dame in einem Strickkostüm hatte sich neben Bienzle gestellt. Jetzt sagte sie: «Maria, jetzt werd ich bald wieder bei dir sein!»

Bienzle drehte sich um. Die Frau hatte ein feines Gesicht, das von vielen Fältchen durchzogen war. Junge Augen sahen ihn an. Der volle Mund lächelte. «Schön, nicht wahr?», sagte sie. «Er hat in dieser Stunde des Triumphs nur an eines gedacht – an seine Liebe.»

Bienzle wollte noch etwas sagen, schaffte es aber nicht. Die Frau ging weiter. Er sah ihr nach. Selten hatte er jemanden eleganter gehen sehen.

«Des lernt die Seyboldt nie», sagte er zu sich selber, «und wenn sie hundert Jahr alt wird!»

Die Dame drehte sich um: «Haben Sie etwas gesagt?»

Bienzle nickte, lächelte. «Danke für die Übersetzung!»

Als er weiterging, beschloss er, so bald wie möglich Hannelore anzurufen.

Bienzle erreichte den Wandelgang über eine breite Treppe. Der Ausschuss hatte eine Pause eingelegt. Die Abgeordneten standen in Grüppchen zusammen. Einen Mann, der allein an einer Säule stand und offenbar Probleme mit der Atmung hatte, sich aber gleichwohl eine lange Zigarre anzündete, fragte Bienzle: «Welcher ist denn der Herr Keuerleber?»

Der Asthmatiker lachte keuchend. «Der, den der Seliger gerade ins Gebet nimmt.»

«Und welcher ist der Seliger?»

«Das Großmaul mit der Intellektuellenbrille.»

Für einen Kriminalkommissar wie Bienzle war das eine absolut hinreichende Personenbeschreibung. Bienzle schlenderte zu den beiden hinüber und sah sich dabei aufmerksam ein Bild an, das dicht hinter Seligers Kopf hing und so etwas wie die brodelnde, rot glühende Lava im Krater eines Vulkans darstellte.

Bienzle hörte, wie Seliger auf Keuerleber einredete: «Es hängt nur noch an Ihrer Stimme. Von mir aus, werden Sie krank.»

Keuerleber schien nicht besonders beeindruckt zu sein. «Ja, das dät Ihne so passe!»

Seligers Gesicht färbte sich gefährlich rot. «Menschenskind, Herr Keuerleber, andere NATO-Länder liefern auch.»

«Aber in anderen NATO-Ländern trage ich keine Verantwortung, Herr Seliger.»

Damit ließ er ihn stehen und ging zu ein paar anderen Abgeordneten.

Seliger machte eine hilflose Geste: «Ich hab geredet mit ihm wie mit einem kranken Gaul! Seit dreizehn Jahren ist das ein unauffälliger Hinterbänkler, und jetzt macht er sich auf einmal wichtig. Also, wenn wir gut beraten sind, kriegt der das nächste Mal keinen sicheren Listenplatz...» Dann ging auch er rasch den Korridor hinunter.

Bienzle folgte Seliger und registrierte überrascht, dass der Staatsekretär plötzlich vor Saskia Seyboldt stand, die er mit einem vollendeten Handkuss begrüßte. Diesmal war es schwieriger, in Hörweite zu kommen. Schließlich kannte ihn die junge Frau. Als er es endlich geschafft hatte, hörte er, wie Seliger sagte: «Das Bild hängt jetzt in meinem Arbeitszimmer – ich habe jeden Tag meine Freude daran und bedauere es unendlich, dass ich Ihrem Mann nicht mehr dafür danken kann!»

Saskia lächelte und wischte sich gleichzeitig mit der Kuppe ihres kleinen Fingers eine Träne aus dem Augenwinkel. ‹Perfekt›, dachte Bienzle bei sich.

«Hatten Sie eine gute Sitzung?», fragte Seyboldts Witwe.

«Na ja, er dort», Seliger nickte zu Keuerleber hinüber, «macht uns ein bisschen Probleme – so ein hartleibiger Schwabe. Aber wir schaffen das schon, keine Sorge. Grüßen Sie auf jeden Fall Herrn Serkiniadse ganz herzlich von mir.»

«Das werde ich gerne machen.» Frau Seyboldt legte ihre Hand kurz in einer vertraulichen Geste auf Seligers Arm und wandte sich dann abrupt ab.

Bienzle hatte es geschafft, das Tête-à-Tête mit seiner kleinen Kamera festzuhalten.

Als der Ausschuss nach der Pause wieder zusammentrat, erklärte Baltrup ohne lange Vorrede, man werde die Entscheidung noch einmal vertagen.

Bienzle hatte sich nicht weit von der Tür zu dem kleinen Konferenzsaal auf eine Bank gesetzt, die Augen halb geschlossen. Er fand es ein bisschen schade, dass die Tür zu dem Saal so schnell wieder aufging und die Ausschussmitglieder schon nach knapp zehn Minuten herauskamen. Sein Blick begegnete dem des Abgeordneten Keuerleber.

Der wurde freilich just in diesem Augenblick von der Frau angesprochen, die Bienzle noch vor einer guten Stunde neben Saskia Seyboldt auf der Bank gesehen hatte. Keuerleber sah die elegante Erscheinung überrascht an. Es war offensichtlich, dass er sie nicht kannte.

Ächzend erhob sich Bienzle und schlenderte in die Richtung der beiden, aber es war unmöglich, auf Hörweite an sie heranzukommen, ohne Aufmerksamkeit zu erregen.

Keuerleber musterte die Frau, die ihn angesprochen hatte, durch seine dicken Brillengläser. «Kennen wir uns?»

«Noch nicht, aber wir sind ja gerade dabei, das zu ändern.»

«Ich hab's ned so mit den Lobbyisten», sagte Keuerleber.

Henriette Kimmich lachte. «Trotzdem würde ich Ihnen gerne ein Angebot machen.»

«Aha?» Keuerleber sah sie fragend an.

«Es geht um die Waffenlieferung in den Iran.»

«Also doch!» Keuerleber schüttelte ungnädig den Kopf.

«Na ja, es sind natürlich Interessen im Spiel. Es geht um sehr viel Geld.»

«Das ist mir klar.»

«Es gibt doch sicher Dinge, die Ihnen am Herzen liegen ... Projekte, politische Vorhaben, soziale Initiativen ...»

«Sicher!»

«Und die kosten doch alle auch Geld.»

Keuerleber machte mit Daumen und Zeigefinger die Geste des Geldzählens. «Ja no, wo du nicht bischt, Herr Jesu Chrischt ...»

«Ich bin bevollmächtigt, mit Ihnen über eine größere Summe zu sprechen.»

«Größere – ja wie groß?»

«Bei welchem Betrag wären Sie bereit, Ihre Entscheidung nochmal neu zu überdenken.»

«Ja was jetzt? Überdenken oder abändern?»

«Die Leute, die ich vertrete, legen großen Wert darauf, dass die Kommission endlich gewisse Barrieren aus dem Weg räumt.»

«Des habet Se jetzt aber nett ausgedrückt.»

«Also, nennen Sie einen Betrag», sagte Henriette Kimmich forsch.

«Klingt a bissle nach Bestechung, gell. Frau äh ...??»

«Kimmich. Henriette Kimmich.»

Der Abgeordnete Keuerleber nahm seine Brille ab und putzte sie mit seinem Taschentuch. Seine Augen wirkten plötzlich viel kleiner. «Also mit mir lauft so was net, Frau Kimmich!»

Er setzte seine Brille wieder auf, wandte sich abrupt ab und stapfte den Gang hinunter. Er kam an Bienzle vorbei.

«Herr Keuerleber?» Der Kommissar trat ihm in den Weg.

«Ja, was isch jetzt scho wieder?»

«Mein Name ist Bienzle, ich komm aus Stuttgart …»

«Nicht mein Wahlkreis.»

«Ich bin Kriminalhauptkommissar und zurzeit nach Berlin delegiert. Ich hätte gern kurz mit Ihnen gesprochen.»

Keuerleber versuchte einen Scherz. «Meine Immunität ist aber noch gar net aufgehoben.»

Bienzle ging nicht darauf ein. «Es geht um ein eher informelles Gespräch … Vielleicht können wir irgendwo eine Kleinigkeit miteinander essen.»

«Haben Sie einen Vorschlag?»

«Ich bin ziemlich fremd in der Stadt.»

«Habet Sie ein Auto?»

«Nein, aber genug Spesen für ein Taxi.»

«Dann fahren wir zum Prenzlauer Berg und gehen in die *Restauration 1900*. Da kann man draußen sitzen.»

Das Lokal lag am Käthe-Kollwitz-Platz und ging um die Ecke in die Husemannstraße hinein. Die habe man seitens der DDR-Führung als Vorzeigestraße hergerichtet, wusste Keuerleber zu berichten. «Man hat sie dann nach der Wende aber noch amal generalüberholt.»

Sie suchten sich auf dem breiten Gehsteig einen Tisch, über dem ein viereckiger Schirm für genügend Schatten sorgte. Keuerleber bestellte einen Riesling aus Meißen.

«Ich denk, da gibt's bloß Porzellan», sagte Bienzle.

«Ja, ja, die Ignoranz der Westler gegen den Osten. Jetzt sind dreizehn Jahr rum seit der Wende, und es wird immer noch nicht besser!» Sie studierten die Speisekarte und entschieden sich beide für Leber Berliner Art. Dann erst fragte der Abgeordnete den Kommissar: «Und? Um was geht's jetzt?»

«Um einen Landsmann von uns. Stefan Seyboldt.»

«Ja, ich hab schon gehört, dass er ermordet worden ist.»

«Haben Sie ihn gekannt?»

«Wie kommet Sie denn da drauf?»

«Wenn unsere Informationen stimmen, wollte er das Geschäft abwickeln, über das Sie gerade in ihrem Ausschuss beraten.»

«Ihre Informationen stimmen», Keuerleber hob sein Glas. Sie prosteten sich zu.

Bienzle nahm den Faden wieder auf. «Die Dame, die Sie im Reichstag angesprochen hat …»

«Ja, die hat auch damit zu tun. Kimmich heißt se, wenn Sie des brauchen können. Henriette Kimmich. Da, ich hab sogar eine Visitenkarte von ihr. Die können Sie behalten. Sie hat mir Geld angeboten.»

«Einfach so?»

«Net einfach so, ich müsst dann schon für die Waffenlieferungen stimmen.»

«Hat sie das so offen gesagt?»

«Natürlich net, aber auch kaum versteckt.»

Das Essen kam. Die beiden begannen zu essen. Das Püree war aus frischen Kartoffeln, die Leber genau richtig gebraten, und die Apfel- und Zwiebelscheiben schmeckten frisch und knackig.

«Hätt bloß noch gefehlt, dass sie mir einen unterschriebenen Scheck über den Tisch geschoben und gesagt hätte:

Tragen Sie die Summe selber ein», mümmelte Keuerleber mit vollem Mund.

«Also eine Versuchung ist das ja schon, oder?»

Keuerleber schüttelte den Kopf. «Ich hab mein Auskommen. Mehr brauch ich net. Daheim hab ich eine Zaunfabrik, die ganz gut lauft. Und eine tüchtige Frau, die alles z'ammehält … Und wenn *Sie* mich jetzt noch zum Essen einladen …?»

Bienzle musste lachen. Der Mann gefiel ihm in seiner einfachen Art, bei der es sich ganz offensichtlich um ein bewusstes Understatement handelte. «Geht in Ordnung, Herr Keuerleber.» Er legte sein Besteck auf den Teller. «Diese Frau Kimmich hab ich ungefähr eine Stunde vorher zusammen mit der Frau des ermordeten Stefan Seyboldt gesehen. Direkt beim Reichstag. Es sieht so aus, als ob sie von der ihre Direktiven bekommen hätte.»

«Der Leitner sagt, nachdem der Seyboldt gestorben sei, käme der Handel jetzt in ein seriöseres Fahrwasser.»

«Ob er das selber glaubt?», fragte Bienzle.

«Gute Frage!» Keuerleber lachte. «Bestelle mr no en Kaffee?»

Bienzle orderte den Kaffee und schrieb auf einen Bierdeckel seine Handy-Nummer, die Nummer seines Hotels und die Nummer von Maletzkes Dienstapparat. «Da, wenn Ihnen noch irgendetwas einfällt oder wenn etwas passiert, unter einer dieser Nummern erreichen Sie mich.»

Irina Polnikowa wohnte am Schwanenwerder zwischen Havel und großem Wannsee. Ihr verstorbener Mann hatte die Villa mit Seegrundstück erst ein halbes Jahr vor seinem überraschenden Ableben gekauft. Bienzle war mit der S7 gefahren und hatte den kurzen Weg bis zu dem imponierenden Anwesen zu Fuß zurückgelegt. Jetzt blieb er am Zaun stehen und wischte sich den Schweiß von der Stirn. Es war schwül geworden. Das Atmen fiel schwer. Von Westen her zog eine schwarze Wolkenwand mit scharf gezackten Kanten herauf. Ein leises Grollen war zu hören. Vielleicht würde das Gewitter ja für etwas frischere Luft sorgen.

Der Kommissar meldete sich über die Gegensprechanlage. Das Tor öffnete sich. Über einen breiten, sauber geharkten Sandweg schritt er auf das rot geklinkerte Haus zu. Sechs Sandsteinstufen führten zu der schweren Holztür hinauf, die mit Halbreliefs verziert war. Auf der obersten Stufe stand eine stämmige kleine Frau, die er auf höchstens eins sechzig Körpergröße schätzte. Sie trug ein einfaches schwarzes Kleid. Ihr großflächiges Gesicht war braun gebrannt. Die grauen Haare hatte sie hochgesteckt.

«Tut mir Leid, wenn ich Sie störe», sagte Bienzle.

«Kommen Sie rein.»

Sie durchschritten eine Halle, die mit Mosaiksteinen ausgelegt war. Links und rechts führten dunkle Holztreppen mit fein gedrechselten Handläufen zu einer Galerie im ersten Stock hinauf. Tageslicht strömte durch hohe Verandatüren, die auf eine breite Terrasse hinausgingen. Dort standen auf Marmorfliesen edle Teakholzgartenmöbel. Frau Polnikowa ging voraus und deutete mit einer einladenden Geste auf einen hochlehnigen Holzstuhl, der mit bunt bezogenen Daunenkissen ausgepolstert war. Das Muster erinnerte Bienzle an die russischen Matrjoschkapuppen aus bemaltem Holz.

«So schön kann man wohnen – mitten in Berlin», sagte er staunend. Der Blick ging über eine sanfte Böschung hinunter zu einer niedrigen Bruchsteinmauer, gegen die die sanften Wellen des Wannsees schlugen. Der Rasen war makellos. Zierkirschen bildeten eine kleine Allee, die zu einem Rondell führte. Im Wasser schaukelte eine kleine Motorjacht.

«Mein Beileid», sagte Bienzle. «Wir werden versuchen, den Mörder Ihres Mannes zu finden.»

Frau Polnikowa nickte kaum merklich. «Ich werde nach St. Petersburg zurückgehen», sagte sie.

«Und Ihr Schwager?»

«Ismail bleibt hier.»

«Übernimmt er die Geschäfte Ihres Mannes?»

«Das weiß ich nicht. Es ist nicht Sache der Frau, sich darum zu kümmern.»

«Saskia Seyboldt scheint das anders zu sehen.»

Irina Polnikowas Gesicht veränderte sich schlagartig. Blanker Hass stand in ihren Augen. «Ich will den Namen dieser Frau nicht mehr hören!»

Bienzle lächelte. «Ich werde versuchen, ihn zu vermeiden. Wie war denn das Verhältnis zwischen Ihrem Mann und Stefan Seyboldt?»

«Sie waren gute Freunde!» Das kam schlicht und überzeugend.

«Wirklich?», fragte Bienzle überrascht.

«Sie haben vieles gemeinsam gemacht. Vorletztes Wochenende sind sie noch zusammen mit dem Boot unterwegs gewesen.» Sie deutete zu der Motorjacht hinunter. «Nur sie beide. Auch ihre Golfreisen nach Portugal haben sie gemeinsam gemacht.»

«Es gibt Leute, die dennoch der festen Überzeugung sind, dass Seyboldt hinter dem Anschlag auf Ihren Mann steckte.»

Entschieden schüttelte sie den Kopf. «Nein. Nicht Seyboldt!»

«Wer dann?»

«Ich weiß es nicht. Aber mein Mann und Stefan standen gemeinsam vor einem wichtigen Geschäftsabschluss.»

«Und worum ging es da?»

«Ich weiß es nicht. Ich weiß nur, dass mein Mann danach alles hier seinem Bruder übergeben wollte. Er hat ein schönes Haus in St. Petersburg gekauft. Dort wollten wir künftig leben, und er wollte nur noch seinen Hobbys nachgehen.»

«Was waren denn das für Hobbys?»

«Die Jagd und das Sammeln alter Filme. Er hat hier ein kleines Kino im Untergeschoss, und genau das gleiche Kino hat er sich auch in St. Petersburg einbauen lassen.»

«Ein Zeuge hat ausgesagt, Sie seien nach den Schüssen auf Ihren Mann in den Wagen gestiegen und davongefahren, ohne sich noch einmal nach ihm umzudrehen, gerade so, als sei etwas Erwartetes eingetreten.»

Frau Polnikowa nickte. «Ich habe immer damit gerechnet.»

«Also wussten Sie, in welcher Welt sich Ihr Mann bewegte?»

«Eine Frau wie mich kann man nicht so leicht hinters Licht führen – nicht nach so vielen gemeinsamen Jahren.»

«Sind Sie denn Russin?», fragte Bienzle. «Sie sprechen akzentfrei deutsch.»

«Ich bin Russin, aber aufgewachsen bin ich in Berlin. In Ostberlin. Mein Vater war Armeegeneral. Er war ein sehr strenger Vater. Als unsere Truppen Anfang der neunziger Jahre abzogen, war ich schon mit Michail verheiratet. So habe ich fast mein ganzes Leben bisher in Deutschland verbracht. Und ich habe Deutsch studiert. Für das Lehramt.»

«Sie sind Lehrerin?»

«Ja. In St. Petersburg werde ich wieder unterrichten. Deutsch ist dort jetzt die bevorzugte Fremdsprache.»

Bienzle sah ihr in die Augen. Sie waren sehr dunkel, fast schwarz. «Ich bin froh, dass Sie so offen mit mir reden», sagte er.

«Ich weiß nicht viel, und ich habe auch nichts zu verbergen.» Wenn sie lächelte, bildeten sich in beiden Wangen Grübchen.

«Und warum haben Sie einen solchen Hass auf Stefan Seyboldts Witwe?»

«Sie ist eine Frau ohne Gewissen und ohne Moral. Andere Frauen verachtet sie. Wenn wir alle vier zusammen waren, hat sie kein einziges Mal das Wort an mich gerichtet oder eine Frage von mir beantwortet. Eiskalt ist sie, und sie akzeptiert nur Männer.»

«Glauben Sie, dass Stefan Seyboldt seine Frau in seine Geschäfte eingeweiht hat?»

«Nein, aber ich denke, sie hat trotzdem über alles Bescheid gewusst.»

«Wie denn das?»

«Durch Serkiniadse.»

«Und ihr Mann sollte nichts davon geahnt haben?»

«So misstrauisch er sonst war, so vertrauensselig war er seiner Frau gegenüber.»

Die schwarzen Wolken standen nun schon über dem See. Einzelne Blitze zuckten über den dunklen Himmel. Am westlichen Horizont war ein feiner Regenvorhang zu sehen. Frau Polnikowa hatte Bienzle nichts angeboten.

Der Kommissar beugte sich weit vor und legte die Unterarme auf seine Knie. «Ihr Mann hat mutmaßlich gestohlene Luxusautos nach Russland verschoben und junge

Frauen von dort nach Deutschland gebracht, um sie der Prostitution zuzuführen. Was wissen Sie darüber?»

Die dunklen Augen Irina Polnikowas wurden hart. «Ich bitte Sie zu gehen.»

«Wir haben Zeugen dafür. In der vergangenen Nacht haben wir sechs Männer festgenommen.»

Frau Polnikowa war aufgestanden und ging nun mit kurzen festen Schritten durch die Halle zur Haustür, die sie schon erreicht hatte, als sich Bienzle endlich aus seinem bequemen Gartenstuhl herausstemmte. Er warf einen letzten Blick auf den parkähnlichen Garten und den See, dann durchschritt auch er die Halle.

«Kennen Sie einen jungen Mann namens Pjotr?», fragte er an der Tür.

«Ich habe einen Neffen, der so heißt. Pjotr Iwanow, der Sohn meines Bruders.»

«Ich danke für Ihre Gastfreundschaft», sagte Bienzle mit leiser Ironie. «Und ich wünsche Ihnen für Ihre Zukunft zu Hause in St. Petersburg alles Gute.»

Irina Polnikowa nickte Bienzle zum Abschied nur zu und hatte sich schon abgewandt, als er die Tür nach draußen öffnete.

«Diese Frauen», sagte Bienzle leise zu sich selber, während er über den Sandweg zum Gartentor ging, «diese Frauen allein in ihren großen Häusern.»

Der Verhörraum war ein Büro am Ende des Korridors. Bienzle nahm das gelbe Schild mit der schwarzen Schrift, auf dem ‹Vernehmung, bitte nicht stören› stand, und hängte es an den Haken an der Außenseite der Tür, bevor er den Raum betrat. Ein Tisch, zwei Holzstühle. Der graue Teppichboden dämpfte die Geräusche.

Irina Polnikowa war eine geborene Iwanow. Das hatte Miriam Köhler recherchiert. Als Bienzle den Verhörraum betrat, war Pjotr schon da.

«Herr Iwanow?» Der Kopf des Inhaftierten fuhr herum.

Bienzle lächelte. «Ihre Tante Irina lässt Sie grüßen.»

Pjotr sah den Kommissar aus zusammengekniffenen Augen an, sagte aber nichts.

«Sie hat Ihnen doch Deutsch beigebracht», fuhr Bienzle fort. «Also reden Sie mit mir!»

In einem kleinen Nebenraum saßen Miriam und Maletzke und hörten über Lautsprecher mit. «Nicht schlecht», sagte Maletzke.

«Sie hat mir gesagt, sie wolle nach St. Petersburg ziehen. Gehen Sie mit?» Das war wieder Bienzles Stimme.

«Nein!»

«Sie arbeiten also weiter für Ismail?»

Pjotr starrte den Kommissar nur an.

«Das wird nicht mehr viel werden», Bienzle zog den zweiten Stuhl etwas vom Tisch weg und setzte sich. «Ismail Polnikow ist inzwischen auch verhaftet. Mein Kollege Neiberg hat ihn in der Mangel. Ich glaube, es wird nicht schwer sein, ihm und seinem verstorbenen Bruder diesen hässlichen Menschenhandel nachzuweisen. Und vielleicht wissen Sie ja, wie es im Deutschen heißt: Mitgefangen, mitgehangen.»

«Ich nur kleiner Handlanger», das war der erste zusammenhängende, wenn auch unvollständige Satz des Russen.

«Ja, das sehe ich auch so. Aber der Staatsanwalt wird uns das vielleicht nicht glauben, wenn Sie uns nicht ein bisschen was über Ihre Arbeit erzählen.»

Pjotr schwieg.

«Ihre Tante lässt Ihnen sagen, Sie sollen mit mir reden.

Sie hat es auch getan. Und Irina Polnikowa weiß bestimmt, was gut für Sie ist.»

Und mit einem Mal ließ sich der Russe auf ein Gespräch mit Bienzle ein. Seine Tante habe ihn schon vor sieben Jahren nach Berlin kommen lassen. Es stimme, sie habe ihm Deutsch beigebracht. Und bei ihrem Mann sei er dann untergekommen. Meistens sei er als Beschützer mit ihm unterwegs gewesen. Aber er habe auch selbständige Arbeiten übernommen. Pjotr wusste, wer der Abnehmer für die jungen Frauen war. Matthias, genannt Matze, Handke. «Ein typischer Deutscher», sagte Pjotr, «eingebildet und immer kommandieren.»

Kurz darauf ging die Tür auf. Maletzke kam herein. Er nickte Pjotr freundlich zu.

«Niemand wird erfahren, dass wir's von Ihnen wissen», sagte Bienzle zu dem Russen.

«Aber möglicherweise brauchen wir Herrn Iwanow als Zeugen», warf Maletzke ein.

«Nein, das muss auch anders gehen», Bienzle legte Pjotr kurz die Hand auf die Schulter. «Versprochen ist versprochen.»

«Handke kennen wir übrigens», sagte Maletzke.

«Hätt mich auch g'wundert, wenn's anders gewesen wär», gab Bienzle zurück.

Sie ließen Pjotr Iwanow wieder in seine Zelle bringen.

Maletzke ging zur Tür. «Ich geb das Band von deinem Verhör an Neiberg weiter, damit er dem Polnikow richtig einheizen kann. Und ich lasse Handke festnehmen.»

Bienzle verließ das Polizeigebäude. Das Gewitter war schnell über die Stadt hinweggezogen. Jetzt regnete es nur noch schwach. Bienzle ging in seine Pension. Er rief Hannelore an und erzählte ihr, was er alles erlebt hatte, aber er merkte bald, dass sie ihm nicht richtig zuhörte. Sie wolle in die Oper und sei ein wenig in Eile, sagte sie.

«Allein?», fragte er.

«Nein, nein», antwortete Hannelore, aber sie sagte ihm nicht, wer sie begleitete.

Bienzle legte sich aufs Bett und spürte, wie die Eifersucht in ihm aufstieg. Um sich abzulenken, ging er in Gedanken den Fall noch einmal durch. Irina Polnikowa war keine Lügnerin, das spürte er. Man sollte ihr glauben, dass ihr Mann und Stefan Seyboldt Freunde und Partner waren. Aber hätte das Seyboldt davon abgehalten, Polnikow umbringen zu lassen? Ganz sicher nicht, vor allem dann nicht, wenn die beiden den ganz großen Waffendeal vorhatten und wenn Seyboldt eine Chance sah, das Geschäft alleine zu machen. So weit war Bienzle in seinen Gedanken gekommen, als ihn der Schlaf übermannte. Er hatte eine lange Nacht und einen harten Tag hinter sich, und er war ja auch keine vierzig mehr.

Etwa um die gleiche Zeit schlenderte der Bundestagsabgeordnete Hans Keuerleber ziellos durch das Viertel um die Oranienburger Straße. Er liebte es, sich an den Abenden einfach treiben zu lassen. Wie immer trug er seine alte, abgeschabte Ledertasche bei sich. In seinem Apartment wollte er sich später nochmal in die Akten vertiefen. Eine Straßenprostituierte sprach ihn an, ein Mädchen, kaum älter als siebzehn, in hochhackigen Schaftstiefeln, über deren oberem Rand zehn Zentimeter nacktes Fleisch blitzten. Drüber trug sie einen violetten Tanga. Keuerleber winkte ab. Er bog kurz hinter der Synagoge in die Krausnickstraße ein und bummelte weiter bis zur Sophienstraße. Vor einer kleinen

Eckkneipe las er auf einer Schiefertafel «frische Buletten mit Kartoffel-Gurken-Salat». Er ging hinein, fand aber keinen Platz. Als er wieder auf die Straße trat, stand plötzlich eine Frau auf einem Bein vor ihm. In einer Art Reflex hielt sie sich mit der linken Hand an seiner Schulter fest. In der rechten hatte sie einen Schuh. «Entschuldigung!», stammelte sie.

Keuerleber stützte sie am Ellbogen. «Da brauchen Sie sich doch nicht zu entschuldigen. You are welcome, wie der Engländer sagt.»

«Schauen Sie sich das an.» Sie hielt ihm den Schuh hin. Der Absatz hing nur noch lose an einem dünnen Nägelchen. Keuerleber nahm ihr den Schuh aus der Hand, betrachtete ihn von allen Seiten und stellte fest, dass die anderen Nägel noch da waren, aber keine Verbindung zu dem Absatz mehr hatten. Spitz stachen sie aus der Sohle heraus. Er drückte den Absatz in seine ursprüngliche Lage zurück, hob einen Stein auf und klopfte ihn damit, so gut es ging, wieder fest. «Bis zum nächsten Taxi kommen Sie damit.»

Die Frau schlüpfte in den Schuh und ließ Keuerleber los. «Sie sind aber geschickt.»

Keuerleber nickte. «Handwerklich begabt seit frühester Jugend.»

«Auf den Schreck muss ich erst mal etwas trinken. Kann ich Sie auf einen Drink einladen?»

«Wenn ich mir was zu essen dazu bestellen darf. Auf meine Kosten natürlich.»

Sie landeten in einem Zwischending zwischen Bar und Bistro ein Stück die Sophienstraße hinauf und setzten sich in eine Nische. Keuerleber stellte seine Tasche neben seinen Stuhl. Inzwischen hatte er Zeit gehabt, seine Begleiterin näher zu mustern. Sie war fast einen Kopf größer als er.

Selbst wenn sie flache Schuhe getragen hätte, hätte sie ihn noch überragt. Ihre blonden Haare glichen einer Löwenmähne, und sie hatte ein schönes, ebenmäßiges Gesicht mit einer kleinen geraden Nase und einem vollen, etwas zu grell geschminkten Mund. Beim Gehen schob sie die Hüften ein wenig vor. Sie trug einen kurzen Lederrock und darüber einen eng sitzenden ärmellosen Pulli.

«Und Sie sind wirklich Bundestagsabgeordneter», fragte sie und nippte an ihrem Campari Orange, Bienzle hatte sich Vitello Tonato und einen Riesling aus dem Elsass bestellt.

«Na ja, so was B'sonders ischt des ja dann au wieder net.»

Die junge Frau, die sich inzwischen als Simone Schmidt vorgestellt hatte, erzählte, sie sei Fitnesstrainerin und habe ein eigenes kleines Institut nicht weit von hier in der Rosenthaler Straße. Aber wahrscheinlich werde sie dort nicht bleiben können, weil die Mieten förmlich explodierten. «Da sollten Sie mal was dagegen machen, Herr Abgeordneter!» Früher habe sie als Animateurin in verschiedenen Robinson-Klubs gearbeitet. Und aus jener Zeit hatte sie eine ganze Reihe Histörchen auf Lager. Nach zweieinhalb Stunden und drei oder gar vier Gläsern Montepulciano, Keuerleber hatte aufgehört zu zählen, saßen sie noch immer in der Nische.

«Bestellen wir noch ein Glas?», fragte Simone.

Keuerleber wiegte den Kopf hin und her. «Ich hab morgen einen schweren Tag, allzu spät darf es nicht werden.»

«Keine Bange, ich pass auf Sie auf!» Sie rückte ein wenig näher an ihn heran. «Bundestagsabgeordneter – Sie sind ja ein richtiger Prominenter ... Wenn ich mir all die interessanten Leute vorstelle, die Sie da kennen lernen ...»

Keuerleber konnte da nur lachen. «Oh Jessas, wenn Sie wüssten. Haben Sie sich schon amal darüber Gedanken gemacht, wie einsam unsereiner so ist – abends allein in Berlin! Auf hoher See, vor Gericht und als Abgeordneter in Berlin bist du in Gottes Hand. Aber der hat ja so viele andere, um die er sich kümmern muss.»

«Sie fühlen sich nicht wohl in Berlin?»

«Berlin find ich super! Trotzdem hab ich dagegen gestimmt.»

«Warum das denn?»

«Weil ich nicht gerne fliege und weil Bonn viel näher an Biberach ist!» Er spürte nun doch den Wein. Er registrierte, dass er betrunken wurde, aber er gehörte zum Glück zu den Leuten, die dann eher klarer werden. Zumindest bildete er sich das ein. «So, dieses Glas noch und dann mach ich den Schirm zu!»

Die junge Frau machte einen Schmollmund. «Und was wird dann mit mir?»

«Sie gehen heim zu Ihrer Mama oder zu Ihrem Mann. Suchen Sie sich's aus. Ich bin gleich wieder da. Erst muss ich amal zur Abteilung für gebrauchte Getränke.»

Er stand auf und schwankte der Tür mit der Aufschrift «Toilette» zu. Simone wartete, bis er verschwunden war, öffnete dann ihre Handtasche, holte ein Fläschchen heraus und schüttete ein paar Tropfen in Keuerlebers Glas.

Sechster Tag

«Ich kenn halt sonst niemand, dem ich mich in einer solchen Situation anvertrauen könnte.» Keuerleber stand kurz nach halb acht vor Bienzles Frühstückstisch. «Zum Glück hab ich den Zettel mit Ihren Nummern und der Anschrift hier noch im Hemdetäschle g'habt.» Er sah erbarmungswürdig aus. Sein Gesicht war kreidebleich, seine Unterlippe zitterte, dicke Tränensäcke hingen unter seinen Augen, und er trug eine Ersatzbrille, die viel zu groß war für sein kleines, rundes Gesicht. «Tut mir Leid!»

«Das ist in schon Ordnung», sagte Bienzle. Er bestellte einen Kaffee für seinen Gast und nötigte ihn, wenigstens ein Brötchen mit Butter zu essen.

«Und Sie erinnern sich an gar nichts mehr?», fragte der Kommissar den Abgeordneten, nachdem der in abgehackten Sätzen seine Situation geschildert hatte.

«Nein. Einen solchen Filmriss hab ich mein Leben lang noch nicht gehabt.»

«Sie wissen also auch nicht, seit wann Sie Ihre Aktentasche vermissen ...?»

«Vor allem vermisse ich, was drin war – alle geheimen Akten eines Antrags auf Kriegswaffenlieferungen nach Persien. Ich trag des Zeug ja nicht umsonst immer mit mir rum. Im Hotel könnt's ja wegkommen.»

«Woanders auch, wie wir jetzt wissen!»

Keuerleber schlug mit der flachen Hand auf den Tisch, dass die wenigen anderen Frühstücksgäste erschrocken herüberschauten. «Entschuldigung!», sagte der Abgeordnete in den Raum hinein, ohne jemanden anzusehen. Und dann zu Bienzle: «Menschenskind, in drei Stunden fängt die entscheidende Sitzung an!»

«Ja, dann aber nichts wie los», sagte der Kommissar.

Das Letzte, woran sich Keuerleber noch erinnerte, war die Situation vor der Eckkneipe. «Ich bin hier rausgekommen, und da stand dieses Mädle, also diese junge Frau, auf einem Bein wie der Storch im Ried.»

«Wissen Sie noch, wie die hieß?»

«Vielleicht fällt mir's irgendwann wieder ein, aber so ad hoc … tut mir Leid.»

«Und Sie sind zu Fuß in die Bar gegangen?»

«Ja freilich. Und die kann deshalb auch gar net weit sein von hier. Des Mädle … die Frau hat ja nimmer richtig laufe könne in ihre anderthalb Schuh! Warten Sie, wir sind da ums Eck und dann diese Straße 'nauf …» Er zeigte in die Sophienstraße hinein.

«Ja, dann machen wir das jetzt auch.»

Vor dem Bistro blieb Keuerleber stehen, schnaufte ein paar Mal schwer und sagte dann: «Also wenn mich nicht alles täuscht, war's das da!»

Das Bistro in der Sophienstraße bot auch Frühstück an. Als Bienzle und Keuerleber dort eintrafen, war ungefähr jeder zweite Tisch besetzt. Die meisten der Gäste waren junge Männer. Business-Typen, die sich stärkten, bevor sie sich ins tägliche Rennen um die besten Plätze begaben.

«Ja, das ist es. Hundertprozentig», sagte Keuerleber, als sie eintraten. «Dort hinte habet mir g'sesse, und ich hab gar nicht so viel getrunken g'habt.» Keuerleber ging zu der Nische und rief plötzlich: «Ja, des glaubst doch net. Da steht mei Tasch. Genau da, wo ich sie hingestellt hab. Da kannst amal sehe, wie ehrlich die Berliner sind!» Überglücklich presste er die Tasche an sich.

«Schauen Sie mal nach, ob alles da ist.»

Keuerleber öffnete die abgeschabte Aktentasche und untersuchte den Inhalt. «Alles da!» Er strahlte über das ganze runde Gesicht. «Allerdings», plötzlich stand er da wie versteinert.

«Ja?»

«Wissen Sie, ich bin ein penibler Mensch. Manche Leut machet sich zwar gern drüber lustig, aber ich brauch nun amal diese Ordnung!»

«Ja, und?»

«Die Akten sind bei mir immer der Reihe nach in die Tasche eingeordnet, aber jetzt ist da alles durcheinander.»

«Sie wollen sagen: Es ist zwar alles da, aber anders geordnet?»

«Ja, genau das!» Keuerleber nahm die Akten heraus und legte sie auf dem Tisch aus. Bienzle griff sich einen Schnellhefter und blätterte ihn auf. Plötzlich hielt er inne. «Haben Sie die Seiten irgendwann mal kopiert?»

«Ich? Nein, wieso sollt ich?»

«Und wo kommt dann dieser Falz her?»

«Hä?», machte Keuerleber.

«Da sehen Sie den Knick … den hat jede Seite. So ein Falz entsteht, wenn man die Seiten umknickt, um sie zu fotokopieren, ohne sie extra herauszunehmen.» Er machte es vor.

«Ja heiligs Blechle. So was dät ich nie und nimmer merke! Wenigstens nicht nach so einer Nacht!»

«Eins steht jedenfalls fest: Ihre Akten waren heute Nacht in den falschen Händen.»

Keuerleber war entsetzt: «Um Gottes willen, wenn das jemand erfährt!»

«Keine Angst, von mir erfährt das niemand. Aber Sie sollten vielleicht in Zukunft etwas vorsichtiger mit Ihren Notizen sein.»

«Warum das denn? Was haben Sie auf einmal mit meinen Notizen?» Bienzle blätterte eine Seite auf. «Na ja, hier zum Beispiel. Da steht handschriftlich neben dem Zitat Ihres Kollegen Schorrenstein: ‹Der ist doch blöder als mei Geißbock!› Haben Sie denn einen daheim?»

«Was denn?»

«Einen Geißbock.» Bienzle wartete die Antwort nicht ab. «Und das da bezieht sich auf den Ausschussvorsitzenden Baltrup. Da steht Arschloch.»

«Ja, wenn er halt auch eins ist. Außerdem: Für die Öffentlichkeit ist das ja auch net direkt bestimmt! Übrigens hab ich tatsächlich einen Geißbock, er heißt Helmuth und ist ein wirklich kapitales Tier.»

Keuerleber kam eilig die Treppe herauf und eilte den Gang entlang. Er schaute auf die Uhr. Am Ende des Gangs wurde die Tür zum Sitzungssaal geschlossen. Keuerleber beschleunigte seinen Schritt nochmals. Sein Atem ging kurz. Seine alte, abgeschabte Ledertasche drückte er eng an sich. Plötzlich trat ihm Seliger in den Weg. «Ich muss Sie einen Augenblick sprechen.»

«Das geht jetzt nicht!»

Die Tür zum Versammlungssaal öffnete sich. Der Ausschussvorsitzende Baltrup trat heraus. «Das wird sich nicht vermeiden lassen, Herr Kollege.» Er hatte ein A4-Kuvert und hob es mit bedeutungsvoller Miene hoch.

Keuerlebers Blicke gingen zwischen Seliger und Baltrup

hin und her. Was hatten die beiden vor? Hatte das mit seinen Erlebnissen in der vergangenen Nacht zu tun?

«Aber die Sitzung?», sagte Keuerleber schwach.

«Ohne uns können die da drin ja nicht anfangen.»

Keuerleber, Seliger und Baltrup traten in ein kleines Büro, das sonst von den Stenographen genutzt wurde. Sie versammelten sich um den einzigen Schreibtisch im Raum. Baltrup ließ aus dem Kuvert ein paar Fotos auf die Tischplatte rutschen und schob sie dann mit spitzen Fingern auseinander.

Seliger beugte sich vor. «Also nein!!», entfuhr es ihm.

«Unglaublich, nicht wahr», sekundierte Baltrup.

Keuerlebers fleischige Hand griff nach den Bildern. Da lag er selbst, wie ein gepellter Frosch auf einem großflächigen Bett, das wohl mit schwarzer Satinwäsche überzogen war. Auf seinen Hüften saß die lediglich mit sehr wenig Reizwäsche bekleidete Simone Schmidt. Keuerleber sagte: «Ich glaub, ich sollt a paar Kilo abnehmen.»

«Mehr fällt Ihnen dazu nicht ein?», schnappte Baltrup atemlos. Seliger ruckte in den Schultern.

«Ich bin entsetzt, Herr Keuerleber! Sie als christlicher Politiker. Die Bilder können morgen schon in der Zeitung erscheinen.»

Keuerleber schaute aufmerksam vom einen zum andern, dann sah er sich die Bilder nochmal an. Er schien nicht sonderlich beunruhigt zu sein.

«Sie können sich in Ihrem Wahlkreis nicht mehr blicken lassen», sagte Seliger.

Baltrup sah auf die Uhr. «Ich denke, wir werden die Sitzung vertagen!»

Keuerleber sah ihn verständnislos an. «Aber warum?»

«Na erlauben Sie mal. Sie haben wohl noch gar nicht realisiert, was das da alles nach sich ziehen kann.»

Er eilte zur Tür, aber Keuerleber stoppte ihn auf halbem Weg mit dem Satz: «Das ist doch lächerlich.»

Baltrup fuhr herum. «Was ist das??»

«Die Leut werden sagen: Schaut euch den Keuerleber an. Was das für ein Mannsbild ist. Kriegt noch ein solches Weib ins Bett.»

Baltrup und Seliger schüttelten die Köpfe.

«Und Ihre Familie?», rief Seliger.

«Mit meiner Frau besprech ich das. Die glaubt mir mehr als der Zeitung, verlassen Sie sich drauf! In der Fraktion könnten wir ja dann mal offensiv diskutieren, wer mit wem wie oft und so ... Der ganze Bundestag-Sexreport halt.»

Seliger herrschte ihn an: «Sie müssen den Verstand verloren ha ...»

Aber Keuerleber fuhr ihm plötzlich ernst und scharf in die Parade: «Ich weiß es, und Sie wissen es: Man hat mich reingelegt. Das ist eine ganz gezielte Aktion gewesen. Die Tatsache, dass ich das Votum des Ausschusses unter Umständen entscheidend beeinflussen könnte, lässt gewisse Interessenten offenbar vor nichts zurückschrecken ... Aber wenn Sie sich dafür nicht zu gut sind, ist das Ihre Sache. Ich jedenfalls lasse mich durch so etwas nicht beirren. Grüß Gott, meine Herren!» Er griff sich ziellos ein paar der Fotos und verließ den Raum. Seliger und Baltrup schauten sich sprachlos an.

Bienzle war am Ufer der Spree entlang vom Reichstag bis zum Bahnhof Friedrichstraße gegangen. Er hatte die S-Bahn bis Bahnhof Zoo genommen und den restlichen Weg in die Keithstraße zu Fuß zurückgelegt. Maletzke saß mit tief gefurchter Stirn über den Vernehmungsprotokollen des letzten Tages. Ohne aufzusehen, sagte er: «Da war ein

Anruf von Keuerleber. Du sollst ihn möglichst bald auf seinem Mobiltelefon zurückrufen. Die Nummer hättest du.»

Bienzle nickte, zog den Telefonapparat zu sich heran und setzte sich halb auf die Schreibtischecke. Maletzke hatte die Tische so weit an die Wand geschoben, dass für Bienzle kein Platz mehr war.

«Bienzle hier», meldete er sich, «ich sollte Sie anrufen, Herr Keuerleber.» Der Abgeordnete erzählte, wie ihn Seliger und Baltrup bedrängt hatten.

«Ja, und was machen Sie jetzt? Wann ist die Abstimmung?», fragte Bienzle.

«Morgen Vormittag um zehn», antwortete Keuerleber.

«Und Sie bleiben bei Ihrer Meinung?»

«Jetzt erst recht!»

«Respekt!», sagte Bienzle.

«Was Bessers fällt mir nicht ein, Herr Bienzle.»

Keuerleber saß in einem Coffee-Shop Unter den Linden und hatte einen doppelten Espresso vor sich. «In der Sitzung werde ich als Erstes eine persönliche Erklärung abgeben. Und dann möchte ich sehen, ob die dem Waffengeschäft noch zustimmen.» Er hob den Blick, und seine Augen begegneten denen von Henriette Kimmich. «Diese Frau Kimmich steckt da mit drin», sagte er unvermittelt. «Henriette Kimmich. Offenbar verfolgt und beobachtet die mich. Jetzt steht sie da vorne an der Theke.»

Bienzle rutschte unwillkürlich von der Ecke des Schreibtisches herunter. «Passen Sie auf sich auf. Wo kann ich Sie gegen Abend treffen? Okay, wie heißt das? *Weinstube* am Savignyplatz. Ja, ich bin um 19 Uhr 30 da.» Er legte auf.

«Der Wirt heißt Yves», sagte Neiberg. «Ein wunderbarer Typ. Elsässer. Du musst unbedingt den Wein trinken, den er dir empfiehlt.»

«Kann ich den auch bezahlen?»

«Schränkst dich halt woanders a bissle ein», sagte Bienzles Landsmann. «Was hat er denn so Wichtiges gehabt, der Herr Abgeordnete?»

Bienzle erzählte die ganze Geschichte.

Sozusagen im Gegenzug lieferten Maletzke und Neiberg einen Report über die Verhöre. Handke hatten sie gegen eine Kaution wieder freilassen müssen. «Aber das nützt ihm nicht viel», sagte Neiberg genüsslich. «Wir haben Razzien in allen seinen Läden durchgeführt. Ohne Ankündigung. Zeitgleich! Endlich hat man uns mal die richterlichen Durchsuchungsanordnungen unbürokratisch und schnell genug ausgestellt. Wir haben 37 Frauen ohne Pässe angetroffen, die wie Sklavinnen gehalten wurden.»

«Und trotzdem ist der wieder auf freiem Fuß?»

«Höchstens bis zur Gerichtsverhandlung.»

«Und? Wird's zu der kommen?»

«Wenn der Handke bis dahin nicht verschwunden ist. Aber das wird er dann wohl sein.»

Ismail Polnikow und Pjotr Iwanow blieben in Haft. Man hatte gegen Polnikow genügend Beweismaterial gefunden. Als ein Beamter Irina Polnikowa eine Vorladung überbringen wollte, war sie abgereist. Und niemand konnte die Frage beantworten, ob und wann sie wieder nach Deutschland kommen würde.

Bienzle sagte: «Da werden ein paar Schüler in St. Petersburg davon profitieren.»

Neiberg vertrat die Theorie, dass der Fall so gut wie abgeschlossen sei. Seyboldt habe Michail Polnikow vor der russisch-orthodoxen Kirche erschießen lassen. Polnikows Bruder habe Rache geübt und seinerseits Seyboldt ins Jenseits geschickt.

«Es könnte aber auch ganz anders gewesen sein», sagte Maletzke.

Neiberg grinste: «Ich hab mit dem Oberstaatsanwalt gesprochen. Ihm gefällt meine Theorie.»

«Ja, das glaub ich», warf Bienzle ein. «Der würde lieber heute als morgen die Ermittlungen abschließen und Anklage erheben.»

«Das wird er auch, verlass dich drauf!»

«Bei der Beweislage?»

«Wir haben Indizien genug. Man muss sie nur richtig bewerten.»

«Und dann kommt womöglich der Falsche wegen des Mordes an Seyboldt hinter Gitter», warf Maletzke ein.

«Der Polnikow hat genug Dreck am Stecken. Ich sag dir ganz ehrlich, mir ist egal, warum der im Knast verschwindet. Hauptsache, er ist aus dem Verkehr gezogen», sagte Neiberg. «Wir wissen doch, was diese Mafiatypen alles treiben, und können's ihnen doch nicht beweisen. Meistens wenigstens. Al Capone haben sie am Ende auch nur wegen Steuerbetrugs drangekriegt.»

«Noch ist Berlin nicht Chicago», sagte Maletzke.

«Ja, dann lass uns aber auch dafür sorgen, dass es nicht Chicago wird!» Neiberg ging hinaus und warf die Tür hinter sich zu.

«Starker Auftritt, was?», sagte Maletzke.

Bienzle winkte nur ab. «In Stuttgart hat er eine Zeit lang den Spitznamen ‹Django› gehabt.»

Sie gingen gemeinsam aus dem Bürogebäude in der Keithstraße. «Wenn du nichts dagegen hast, komm ich mit», sagte der Berliner Kommissar.

«Ich freu mich», gab Bienzle zurück.

Die *Elsässer Weinstuben* lagen am Rande des Savignyplatzes. Maletzke hatte überraschend einen Parkplatz in der Knesebeckstraße gefunden. Jetzt gingen sie unter den S-Bahn-Bögen hindurch und erreichten den kleinen runden Park, der durch die Kantstraße in zwei gleiche Teile geteilt wurde. Auf der anderen Straßenseite hielt ein Bus. Als er weiterfuhr, tauchte der Abgeordnete Hans Keuerleber auf dem Gehsteig auf. Er schaute nach links und rechts. Der Verkehr floss gleichmäßig. Aber jetzt sprangen die Ampeln vor und hinter dem Platz gleichzeitig auf Rot. Man konnte die Fahrbahn deshalb auf dem Zwischenstück gefahrlos überqueren. Keuerleber machte ein paar Schritte auf die Fahrbahn. Im gleichen Augenblick scherte ein Wagen aus einer Parkbucht aus und raste, obwohl die Ampel noch immer Rot zeigte, auf Keuerleber zu. Ein dumpfer Aufprall. Der kleine, rundliche Körper Keuerlebers wurde hochgeschleudert, schlug auf der Motorhaube des Wagens auf und wurde dann auf den Asphalt geworfen. Bewegungslos blieb er auf der Fahrbahn liegen. Der Wagen beschleunigte die Kantstraße hinunter. Bienzle rannte auf Keuerleber zu. Maletzke reagierte professionell. Er merkte sich Wagentyp, Farbe und Kennzeichen des Autos. Er gab die Details sofort durch und rief einen Notarztwagen. Dann erst ging er zu Bienzle und Keuerleber hinüber.

Keuerleber lag bewegungslos da, hatte aber die Augen offen und bewegte die Lippen. «Das … das hab ich nicht verdient …», sagte er.

«Nicht sprechen jetzt», sagte Bienzle. «Der Notarztwagen muss gleich da sein.»

Doch das hörte der Abgeordnete schon nicht mehr.

Siebter Tag

Bienzle wachte gegen acht Uhr morgens auf. Er war erst lange nach Mitternacht eingeschlafen. Nachdem er und Maletzke alle Formalitäten erledigt hatten, waren sie in eine kleine Eckkneipe gegangen. Maletzke hatte das Gefühl, seinen Kollegen trösten zu müssen, und so war es auch.

«Seit fünfundzwanzig Jahren versuche ich Morde aufzuklären. Aber noch nie ist einer direkt vor meinen Augen verübt worden», sagte Bienzle. «Und wir haben ihn nicht verhindern können.»

«Wie denn auch?» Maletzke nuckelte an einer kalten Pfeife. «Ich hab ja nicht mal eine Waffe bei mir.»

Bienzle trank zu schnell. Zwischendurch versuchte er immer mal wieder, Hannelore zu erreichen. Sie ging nicht an den Apparat. Maletzke beobachtete ihn aus den Augenwinkeln. «Sie geht doch sonst kaum amal abends weg», sagte Bienzle, «ich mein, wenn sie allein ist.»

«Meistens gibt es eine ganz einfache Erklärung für so was», sagte Maletzke.

«Ja, aber das könnt auch eine sein, vor der ich mich fürchte», meinte Bienzle nachdenklich.

Sie waren in der Kneipe geblieben, um gemeinsam auf den Anruf des Kommissars vom Dienst zu warten. Kurz vor zehn Uhr kam er. Der Wagen, der Keuerleber überfahren hatte, sei gefunden. Das Fahrzeug war in der Konstanzer Straße abgestellt worden. Es gehörte einem Zahnarzt aus Prenzlau. Ein Beamter hatte unter der Telefonnummer angerufen und die Mutter des Fahrzeugbesitzers erreicht. So hatte man erfahren, wo der in Berlin wohnte. Und der Portier im Hotel wusste dann, dass der Zahnarzt samt Gattin mit der S-Bahn nach Berlin-Mitte gefahren sei, um in die Komische Oper zu gehen, wo heute Abend «La Traviata» gegeben wurde. Er selbst, der Portier, habe die Karten bestellt und dem Ehepaar erklärt, wie es dort hinkomme. Das Auto war offenbar vom Hotelparkplatz gestohlen worden.

«Was heißt des eigentlich, ‹La Traviata›?», fragte Bienzle seinen Kollegen.

«Keine Ahnung. Det, wat man so Bildung nennt, ha ick nich!»

Ein Mann, der am Nebentisch saß, beugte sich herüber und sagte: «Die vom Weg Abgekommene.»

«Hä?», machte Bienzle überrascht.

«La Traviata heißt die vom Weg Abgekommene, auch die Verirrte. Kommt von traviare: vom Weg ablenken», ergänzte der Mann etwas ungnädig und schickte dem Satz einen leisen Rülpser hinterher.

«Sache gibt's!», sagte Bienzle.

«Sprechen Sie Italienisch?», fragte Maletzke den Mann am Nachbartisch.

«Nein, ich bin Musikwissenschaftler.»

Der Nachbar, der billige, abgewetzte Jeans und einen dünnen, aus der Form geratenen roten Pullover trug, rückte an ihren Tisch. Und eine Stunde später wussten sie, wie das war, wenn man im Osten vor einer großen Karriere gestanden hatte, ja sogar für die Leitung der Musikredaktion des Radios vorgesehen war, und was es für so einen bedeutete, als gleich nach der Wende die Wessis kamen und viele von ihren Posten und Ämtern verdrängten, die eine wunderbare Zukunft vor sich gehabt hätten: Schauspieler, Lektoren, Übersetzer, Universitätsprofessoren, Juristen, Verwaltungsbeamte.

«Wohnen Sie denn trotzdem hier in der Gegend?», fragte Maletzke, «wir sind hier in Charlottenburg, und das ist ja nu man tiefster Westen, wenn ick ma so sajen darf.»

«Ich habe einen kleinen Lehrauftrag an einer Jugendmusikschule – zum Leben zu wenig, zum Sterben zu viel. Und deshalb hab ich mir eine kleine Wohnung gesucht, viel zu teuer in der Miete, aber ich muss nicht jeden Morgen von Marzahn hier rüber.»

«Also sind Sie wenigstens nicht ganz arbeitslos», warf Bienzle ein.

«Ja, aber fragen Sie mich nicht, was besser wäre. Finanziell meine ich.»

Bienzle bestellte dem Mann noch ein Bier und verabschiedete sich. Maletzke wollte dem Musikwissenschaftler noch ein wenig Gesellschaft leisten. Das verstand Bienzle nicht. Der Kollege hatte doch eine Frau zu Hause, mit der er sich so gut verstand. Er selbst hätte Gott weiß was dafür gegeben, wenn er jetzt hätte nach Hause fahren, mit Hannelore noch eine Flasche Wein trinken und über alles reden können. So aber ging er, die Hände auf dem Rücken verschränkt, den Kopf leicht vorgeschoben, mit gleichmäßigen, weit ausholenden Schritten die Mommsenstraße hinauf. Im Schaufenster einer Kunsthandlung sah er eine kleine Plastik, kaum zehn Zentimeter hoch – ein Hund, der sich offenbar nach dem Schlafen dehnte, die Vorderpfoten weit vor- und den Hintern nach oben gestreckt. Er erinnerte den Kommissar an seinen eigenen Hund Balu, den man wegen einer Knochenkrankheit viel zu früh hatte einschläfern müssen. Vielleicht wäre die Bronzefigur ein Geschenk für Hannelore.

Bienzle wählte seine eigene Nummer in Stuttgart. Hannelore meldete sich. «Bist daheim?», rief Bienzle erfreut.

«Ja, aber ich hab jetzt keine Zeit, Bienzle, ich hab Besuch.»

«Wer ist denn da?»

«Ein alter Bekannter aus München. Wir kennen uns noch aus der Studienzeit.»

«Schade, ich hätt gern a bissle mit dir geredet.»

«Morgen früh, hmm?»

«Ja, ich will ja auch nicht stören», sagte Bienzle mit einem bitteren Zug um den Mund. «Gut Nacht!»

Er schaltete sein Handy aus und blieb nachdenklich stehen.

Ein junger Mann rempelte ihn an. «Steht hier rum und träumt», knurrte er ihn an. Er trug Armeehosen, eine Lederjacke und hoch geschnürte Stiefel. Drei weitere von seiner Sorte begleiteten ihn. Alle vier hatten ihre Köpfe kahl geschoren.

«Entschuldigung», sagte Bienzle. Ihm war nicht nach einer Auseinandersetzung, schon gar nicht nach einer, bei der er garantiert den Kürzeren gezogen hätte.

«Du kannst uns ein Bier ausgeben.»

Bienzle zog aus seinem äußeren Jackentäschchen einen schmal zusammengefalteten Zehneuroschein, reichte ihn dem Glatzkopf und ging seines Wegs, ohne weiter auf die jungen Männer zu achten. Er war nicht zornig, eher traurig. Der arme Musikwissenschaftler und diese vier Jungs, das passte irgendwie alles zusammen.

Bienzle richtete sich in seinem Hotelbett auf und schwang die Füße über den Rand. Doch dann blieb er erst mal sitzen. Hannelore war so anders gewesen am Abend zuvor, so fremd. Und er selbst war sich auf dem nächtlichen Nachhauseweg völlig verlassen vorgekommen, wie jemand, der in die Welt hinausgeworfen wurde und keinen Halt fand. Er fühlte sich müde und ausgelaugt. Was hätte er darum gegeben, wenn er sich in den nächsten Zug oder Flieger hätte setzen und nach Stuttgart zurückkehren können.

Stattdessen stand er auf, zwang sich, kalt zu duschen, trank einen starken Kaffee, ohne etwas dazu zu essen, und verließ die Pension in der Wielandstraße.

La Traviata, die vom Weg Abgekommene … Wie wohl die männliche Form, ‹der vom Weg Abgekommene›, hieß? Il Traviatus?

Es war schwül. Die Luft schien zwischen den Häusern zu stehen und sich unablässig zu erwärmen. Irgendwann würde sie so dick sein, dass man nicht mehr atmen konnte.

Henriette Kimmich. Bienzle hatte Miriam Köhler gebeten herauszufinden, wie viele Frauen dieses Namens es in Berlin gab. Die junge Kollegin berichtete ihm schon nach erstaunlich kurzer Zeit am Telefon, dass es drei Frauen dieses Namens gab. «Aber wenn Sie mich fragen, ist es die, die in der Linienstraße ein Dolmetscher- und Übersetzungsbüro hat. Auf Wunsch vermittelt sie auch ausländischen Besuchern Begleiterinnen durch Berlin, legt aber ganz großen Wert darauf, dass ihre Dienstleistungen absolut seriös sind. Wenn ein Gast andere Wünsche hat, schickt sie ihn zur Agentur Aurora, die auch Partnerinnen für etwaige erotische Wünsche bereithält.»

Bienzle sah Miriam vor sich, wie sie dabei stillvergnügt vor sich hin grinste.

«Auguststraße, wie find ich die?»

«U-Bahn zum Oranienburger Tor, und dann sind's fünf Minuten zu Fuß.»

«Also, ich geh jetzt da hin. Und Sie sind bitte so nett und schauen sich mal bei der Agentur – wie heißt die …?»

«Aurora wie Morgenröte.»

«Gut, schauen Sie doch mal, ob Sie dort die Frau finden, die mit dem Keuerleber fotografiert worden ist.»

«Und wenn die mich dort abwerben, die zahlen nämlich garantiert besser als die Polizei.»

«Ja no, wenn Sie ein Angebot kriegen, müssen Sie sich's halt gut überlegen.» Bienzle lachte.

Eine halbe Stunde später stand er vor einem gelben Klinkerbau. Auf einem Schild neben dem Torbogen las er: Übersetzungsbüro Kimmich, Aufgang 2 im Hof, vier Treppen.

Bewundernd blieb Bienzle in dem großen Hof stehen. Auch hier war alles hell geklinkert. Die Fassade bildete ein Sechseck und wurde durch tief gezogene, weiß gerahmte Fenster gegliedert. In der Mitte des Hofs stand eine Linde.

Einen Aufzug gab es nicht, und als Bienzle im vierten Stock ankam, stand ihm der Schweiß auf der Stirn. Er betrat einen hellen Vorraum, in dem eine Art Theke stand, wie man sie von Arztpraxen her kannte. Eine junge Frau in eng anliegenden schwarzen Hosen und einem knappen Oberteil, das den Bauchnabel frei ließ, fragte Bienzle, was er wünsche. Im gleichen Augenblick öffnete sich in ihrem Rücken eine Tür. «Anja, wenn Herr Serkiniadse anruft …», sagte eine weibliche Stimme. Und dann stand Frau Kimmich auf der Schwelle. Sie unterbrach ihren Satz und starrte Bienzle an.

«Grüß Gott», sagte Bienzle und nahm seinen Hut ab.

«Ja, bitte?» Henriette Kimmich sah ihn an wie einen Menschen, den man schon mal gesehen hat, von dem man aber nicht weiß, wo man ihn hintun soll.

«Ich hätte Sie gerne gesprochen, Frau Kimmich. Hauptkommissar Bienzle, zurzeit Kripo Berlin.»

«Ja gerne, aber ich weiß nicht, was wir miteinander zu tun haben könnten.»

«Das wird sich zeigen. Wir sind ja noch ganz am Anfang.»

Henriette Kimmich bat ihn in ihr Arbeitszimmer. Es lag eine Treppe höher und wurde innerhalb der Büroräume über eine Wendeltreppe erreicht. Sie kamen in einen hellen, gut fünfzig Quadratmeter großen Raum. Die bodentief gezogenen Fenstertüren standen offen und führten auf eine Terrasse hinaus, die einen schönen Blick über die Dächer bot.

Das Büro selbst war eine seltsame Mischung aus Arbeits- und Wohnzimmer. An der Fensterfront stand ein riesiger weißer Schreibtisch, auf dem der Bildschirmschoner des Computermonitors in bunten Farben flimmerte, hinter dem Tisch ein eleganter Bürostuhl in weißem Leder. Den Raum teilte eine halbhohe Küchen- und Barzeile. An der Wand, die dem Fenster gegenüberlag, waren eine Couch und mehrere Sessel um einen niedrigen Glastisch gruppiert, der auf einem dezent gemusterten Orientteppich stand.

«Wollen wir uns raussetzen?», fragte Frau Kimmich.

«Wie Sie meinen.» Bienzle legte seinen Hut auf einen der Sessel.

Auf der Terrasse standen mehrere bequeme Stühle, wie er sie auch schon bei Serkiniadse gesehen hatte, um einen polierten Lattenholztisch.

Henriette Kimmich nahm aus einem Kühlschrank, der in Griffhöhe in einer der Seitenwände versenkt war, einen Glaskrug mit Saft. «Frisch gepresst», sagte sie, «Orangen, Zitronen und Pampelmusen.» Sie goss in zwei hohe Gläser ein, gab aus einem automatischen Eisspender gestoßenes Eis dazu und trug die Getränke ins Freie. «Nehmen Sie doch Platz.» Sie selbst setzte sich in einen der bequemen Stühle und schlug ihre nackten Beine übereinander.

Bienzle kramte aus seiner Brieftasche eine Visitenkarte heraus und reichte sie Frau Kimmich. «Hier!»

«Das ist meine eigene, wo haben Sie die denn her?»

«Die hat mir der Abgeordnete Keuerleber gegeben. Er hat gemeint, er selber brauche sie nicht mehr. Und das stimmt ja jetzt auch auf besonders grausame Weise.»

«Ich verstehe kein Wort.»

«Er wurde gestern Abend vor meinen Augen ermordet. Und der letzte Satz, den er zu mir gesagt hat, beschäftigte sich mit Ihnen.»

«Mit mir?» Frau Kimmich lachte.

«Er hat mich aus einem Café oder so was Ähnlichem angerufen. Unter den Linden. Und da hat er wörtlich gesagt: ‹Diese Frau Kimmich steckt da mit drin – Henriette Kimmich. Offenbar verfolgt und beobachtet die mich. Jetzt steht sie da vorne an der Theke.›»

«Was ist denn das für ein Unsinn?»

Unbeirrt fuhr Bienzle fort: «Und vorgestern haben Sie ihn im Reichstagsgebäude angesprochen.»

«Was Sie nicht sagen?»

«Es gäbe doch sicher Dinge, die ihm am Herzen liegen, haben Sie zu ihm gesagt. Projekte, politische Vorhaben, soziale Initiativen, und Sie seien bevollmächtigt, ihm Geld anzubieten, wenn er sein Abstimmungsverhalten bei der

Frage, ob die Waffenexporte in den Iran genehmigt werden sollen, ändern werde.»

«Ich verstehe kein Wort.»

«Der Herr Keuerleber hat das alles bei uns zu Protokoll gegeben», sagte Bienzle hart, und es kümmerte ihn einen Dreck, dass das nicht ganz der Wahrheit entsprach. «Und sagen Sie jetzt bitte nicht, dass Sie gar nicht im Reichstagsgebäude gewesen seien. Ich selbst habe Sie dort gesehen.»

«Da müssen Sie mich leider mit jemandem verwechselt haben.»

«Dann kennen Sie sicher auch Frau Seyboldt nicht?»

«Wen?»

«Saskia Seyboldt.»

«Nein, tut mir Leid. Wer soll das sein?»

Bienzle zog zwei Ausdrucke seiner Digitalfotos aus der Tasche und legte sie auf den Tisch. «Die Frau, mit der Sie auf der Parkbank vor dem Reichstag sitzen. Das Datum und die Uhrzeit ist automatisch vermerkt.»

Frau Kimmich schluckte.

«Und schauen Sie», fuhr Bienzle fort, «auf dem Bild da sind Sie 28 Minuten später mit Hans Keuerleber zu sehen.» Er hielt das Foto hoch, das sie mit dem Abgeordneten in den Wandelgängen des Reichstagsgebäudes zeigte.

Henriette Kimmich war bleich geworden. Als sie jetzt ihr Glas auf den Tisch stellte, zitterte ihre Hand.

«Und dass Sie gerade eben gegenüber Ihrer Mitarbeiterin Herrn Serkiniadse erwähnten – einen alten Bekannten von mir übrigens –, ist ja wohl kaum ein Zufall.»

Frau Kimmich biss sich auf die Unterlippe.

«Also, was sagen Sie zu dem allem?»

«Nichts!»

«Nichts ist a bissle wenig», schwäbelte Bienzle.

«Tut mir Leid.»

«Es wäre sicher besser, wenn Sie jetzt nicht mauern.» Bienzle lächelte sie an. «Die Fakten stimmen nun mal. Und wenn ich einem verständigen Staatsanwalt die Zusammenhänge schildere, kann der auf jeden Fall einen Haftbefehl gegen Sie erwirken.»

«Sie drohen mir?»

«Ja sicher, wenn ich Sie anders nicht dazu bringen kann, meine Fragen zu beantworten.»

«Gut, fragen Sie.»

«Wer hat Sie bevollmächtigt, Herrn Keuerleber Geld anzubieten.»

«Dazu kann ich Ihnen nichts sagen.»

Bienzle zog nun eines der Fotos heraus, die den erkennbar paralysierten Keuerleber nackt mit der Frau zeigten, die sich Simone Schmidt nannte.

«Meine Kollegen ermitteln gerade bei der Agentur Aurora, mit der Sie ja gelegentlich zusammenarbeiten. Was meinen Sie, kennt man die Dame dort?»

Wieder biss sich Henriette Kimmich auf die Unterlippe. «Ich habe mit dem Tod von Keuerleber nichts zu tun, das müssen Sie mir glauben.»

«Ich glaub erst amal gar nix», sagte Bienzle grob. «Kennen Sie die Frau?» Er hämmerte mit der Kuppe seines Zeigefingers auf dem Bild herum.

«Nein!»

Wie auf Kommando düdelte Bienzles Mobiltelefon. Am anderen Ende meldete sich Miriam Köhler. «Der Kandidat hat einen Kanonenofen gewonnen», juxte sie.

«Hä?», machte Bienzle.

«Volltreffer. Die Frau heißt Annette Langlott, arbeitet für Aurora, befindet sich aber auf einer Auslandsreise, und niemand weiß so genau, wann sie wieder zurückkommt.»

«Weiß man, wer ihr den Auftrag erteilt hat?»

«Die Besitzerin hier macht auf Daten- und Kundenschutz.»

«Der Kollege Neiberg soll eine Hausdurchsuchung beantragen. Er leitet die Ermittlungen.»

«Hab ich auch vorgeschlagen», sagte Miriam am anderen Ende der Leitung. «Aber er will nicht.»

«Was?»

«Er sagt, das wäre mit Kanonen auf Spatzen schießen und würde nur die Leute aufscheuchen, die er weiter in Ruhe beobachten wolle.»

«Am besten bleiben Sie dort und beobachten, wer kommt und geht», sagte Bienzle zum Abschluss. Während des ganzen Telefongesprächs hatte er die schöne Frau Kimmich nicht aus den Augen gelassen.

«Sie scheinen ein hartnäckiger Typ zu sein», sagte sie, nachdem er sein Handy ausgeschaltet hatte.

«Mir war der Keuerleber sympathisch. Von der Sorte Abgeordneter sollten wir ein paar mehr haben. Leut mit einer eigenen Meinung und einer guten Portion Zivilcourage.»

«Haben Ihre Kollegen die Frau auf dem Foto gefunden?»

«Sie haben rausgekriegt, wer es ist und dass sie von Aurora vermittelt wurde. Und jetzt sagen Sie mir, was Sie damit zu tun haben!»

«Ich muss nachdenken.» Frau Kimmich war aufgestanden und ging nun auf der Terrasse auf und ab.

«Ja, machen Sie das, aber möglichst schnell.»

«Ich melde mich dann bei Ihnen.»

«Nein, ich bleibe hier, bis ich weiß, was ich wissen will.»

«Das erlaube ich nicht!» Sie stand jetzt direkt vor ihm.

«Frau Kimmich», Bienzle versuchte seiner Stimme einen beruhigenden Klang zu geben. «Ich glaube, Sie haben den Ernst Ihrer Lage noch immer nicht verstanden. Ich kann Sie festnehmen. Ich kann eine Hausdurchsuchung in Ihrem Büro und in Ihren Privaträumen veranstalten. Ich kann dafür sorgen, dass kein Hund mehr ein Stück Brot von Ihnen nimmt, und so wie sich's jetzt für mich darstellt, wäre das alles durchaus berechtigt. Es sei denn, Sie können irgendetwas zu Ihrer Entlastung sagen.»

Henriette Kimmich holte tief Luft. «Ich bekomme meine Aufträge von Parteien, von Ministerien, von ausländischen Botschaften, manchmal auch aus der Wirtschaft. Und in jedem Fall ist Diskretion eine wesentliche Voraussetzung meiner Geschäftsbeziehungen.»

«Ja, das verstehe ich. Aber wir haben es hier mit einem Mord zu tun, wahrscheinlich sogar mit drei Morden, die in einer Beziehung zueinander stehen.»

«Gut, jemand hat mich beauftragt, Herrn Keuerleber anzusprechen und auszuloten, was es kosten würde, ihn zu einer Zustimmung zu den Waffenlieferungen zu bewegen.»

«Endlich mal ein klares Wort.»

«Ich kann Ihnen aber unmöglich sagen, wer das war. Der gleiche Mann fragte mich dann, als meine Mission ziemlich kläglich gescheitert war, was man denn nun noch unternehmen könne.»

«Und da haben Sie vorgeschlagen, den Abgeordneten zu betäuben, ihm eine Prostituierte ins Bett zu legen und das alles zu fotografieren, um ihn mit den Bildern zu erpressen.»

«Nein, das war nicht meine Idee.»

«Sondern?»

«Mein Gesprächspartner kam wenig später mit diesem

Plan zu mir. Und ich nannte ihm die Agentur Aurora und – ich gebe es zu – auch den Namen Annette Langlott, die dafür … na ja, die am ehesten über die Fähigkeiten für so eine Aktion verfügte.»

«Und dabei hatten Sie keine moralischen oder doch wenigstens menschlichen Bedenken?»

«Natürlich hatte ich die, aber der … also mein Gesprächspartner ist außergewöhnlich wichtig für mich.»

«Er ist also in einer hohen Position.»

«Er hat Einfluss», verbesserte ihn die Übersetzerin.

«Und was hat Frau Seyboldt damit zu tun?»

«Nichts, warum?»

«Sie ist nur eine alte Bekannte, eine Klassenkameradin vielleicht, die Sie ganz zufällig vor dem Reichstag getroffen haben?» Bienzles Stimme hatte nun einen ironischen Ton.

«Nein, auch sie wollte an Keuerleber herankommen.»

«Und warum?»

«Mein Gott, Sie wissen doch Bescheid. Es geht um ein Waffengeschäft in Milliardenhöhe. Herr Seyboldt und andere wollten dieses Geschäft machen. Ich weiß das, weil wir bei einigen Gesprächen mit iranischen Vertretern gedolmetscht haben. Und natürlich wollten auch die Geschäftsleute, die da eingebunden sind, wissen, wer denn den Beschluss verhindern wollte.»

«Sie haben also auf Keuerleber gezeigt und zu Saskia Seyboldt gesagt: ‹Das da ist der böse Bube›?»

«So ungefähr.»

«Und danach haben Sie Ihren Besuch bei seinem Parteifreund Seliger gemacht, auf den übrigens zutrifft, was Sie vorhin gesagt haben.»

«Was meinen Sie?»

«Er ist ein einflussreicher Mann.»

«Denken Sie, was Sie wollen. Aber von ihm habe ich keinerlei Aufträge erhalten.»

«Sie haben Recht: Ich denk, was ich will.» Bienzle stemmte sich aus dem Sessel heraus, man saß bequem, aber ein wenig zu tief darin. «Jetzt weiß ich wenigstens, dass Saskia Seyboldt tatsächlich voll in die Geschäfte ihres verstorbenen Mannes eingestiegen ist.»

«Dazu kann ich nichts sagen.»

Henriette Kimmich begleitete ihn die Wendeltreppe hinunter. «Schade, dass wir uns nicht unter anderen Umständen getroffen haben», sagte sie.

«Sagen Sie bitte nicht, wir hätten Freunde werden können.»

«Warum nicht? Sie sind ein interessanter Mann.»

«Ja, dann glaub ich das halt au no», sagte Bienzle.

«Lassen Sie mich jetzt observieren?», fragte die Übersetzerin.

«Ich kenn die Personalsituation der Berliner Polizei nicht so genau, aber wenn sie so ist, wie ich denke, haben Sie da wenig zu befürchten.»

Die junge Frau aus dem Empfangsbüro öffnete die Eingangstür. Jetzt sah er, dass sie eine Perle im Bauchnabel hatte. Frau Kimmich war auf der letzten Stufe der Wendeltreppe stehen geblieben. Sie sah sehr elegant aus, wie sie da stand, die rechte Hüfte ein wenig nach vorne geschoben, den rechten Fuß ausgestellt und den Kopf leicht in den Nacken zurückgelegt. Ihr Blick hatte etwas Hochmütiges, und um ihre Lippen spielte ein überlegenes Lächeln.

Bienzle marschierte los, kam in die Tucholskystraße, erreichte den Monbijouplatz und suchte nach einer Parkbank. Es war jetzt kurz vor zwölf, die Sonne stand hoch am Himmel und verwandelte die Stadt in einen Backofen. Nicht weit von einem Kinderspielplatz fand Bienzle eine Bank. Auf einem Steinplattenfeld spielten ein paar Mädchen Himmel und Hölle. Sie mochten acht, neun oder zehn Jahre alt sein. Bei Kindern hatte Bienzle kein Gespür fürs Alter.

«Draufgetreten», schrie eines der Mädchen.

«Gar nicht!», schrie die zurück, die gerade auf einem Bein von Quadrat zu Quadrat hüpfte.

«Immer betrügst du», maulte die Erste.

«Das behauptest du immer nur, weil du nicht verlieren kannst», gab die andere zurück.

Bienzle fiel ein Spruch seiner Mutter ein: «Streitet nur weiter so, bis am End einer heult.» Das wollte er nicht erleben. Deshalb stand er wieder auf, ging bis an den Rand des Parks. Auch hier fand er eine schattige Bank, wenn auch in einem unwirtlichen Umfeld. Leere Bierdosen, Papierreste, eingeschrumpelte Präservative lagen herum, und es roch nach Urin. Kopfschüttelnd wandte er sich ab. Mitten auf dem Rasen stand ein schäbiger Plastikstuhl, daneben lag ein Mann auf einer Decke und schnarchte. Er hielt eine Bierdose fest umklammert. Sein Kopf ruhte auf einem Rucksack, in dem er vermutlich alle seine Habseligkeiten hatte. Bienzle ging zu ihm hinüber, packte den Stuhl an der Lehne und stieß den schnarchenden Mann, der ganz offensichtlich ein Nichtsesshafter war, leicht mit der Fußspitze an. Der Penner verschluckte einen Schnarcher, hustete, richtete sich kurz auf und sah Bienzle aus glasigen Augen an. «Was'n los?»

«Kann ich mir den Stuhl für ein paar Minuten ausleihen?», fragte der Kommissar höflich.

«Aber bring ihn zurück.»

Bienzle nickte, und der Mann am Boden schlief wieder ein.

Der nochmalige Ortswechsel hatte sich gelohnt. Bienzle stellte den Plastikstuhl unter eine Kastanie, die großflächig Schatten spendete. Zudem wehte hier ein leichter Windhauch. Bald schon befand er sich in einem seltsamen Zustand zwischen Wachen und Träumen. Warum, fragte er sich, wollte Neiberg die Hausdurchsuchung bei der Pension Aurora nicht? Dass er keine schlafenden Hunde wecken wollte, hielt Bienzle für eine Ausrede. Jeder wusste, dass die Polizei nach den Morden an Polnikow, Seyboldt und Keuerleber auf vollen Touren arbeitete.

Und wer die Aktivitäten der Beamten zu fürchten hatte, war längst im Alarmzustand. Kein Wunder also, dass man von Capelli und dem Albaner nichts mehr gehört hatte.

Plötzlich tauchte vor Bienzles innerem Auge die Szene des gestrigen Abends wieder auf. Keuerleber, der tot auf der Straße lag. Der Fahrer des Mordautos musste ihm aufgelauert haben. Der gestohlene Wagen hatte nur fünfzig Meter von der Bushaltestelle gestanden, mit laufendem Motor. Also hatte der Mann am Steuer Keuerleber erwartet. Er wusste, wann der Abgeordnete hier auftauchen würde. Unwillkürlich richtete sich Bienzle auf. «Verdammte Scheiße!», sagte er laut. Wer wusste von ihrer Verabredung? Gut, Keuerleber konnte es irgendwem erzählt haben. Möglicherweise hatte auch jemand in dem Coffee-Shop sein Telefongespräch mit Bienzle mitgehört. Aber auch bei ihm selbst hatten ja zwei Leute zugehört. Maletzke und Neiberg. Alles in Bienzle sträubte sich gegen den Gedanken, dass ein Kollege mit der anderen Seite zusammenarbeiten könnte. Aber das war natürlich auch schon vorgekommen.

Neiberg hatte so lange als Under-Cover-Agent gearbeitet, dass manch einer im Stuttgarter Polizeipräsidium vermutet hatte, das Leben auf der anderen Seite gefalle ihm besser als der Polizeialltag.

Das hätte ja auch sein können. An die Rauschgiftdealer und Geldwäscher wäre er nicht herangekommen, wenn er nicht ein stinkteures Penthouse bewohnt und einen Luxus-Sportwagen gefahren hätte. Die Rolex gehörte genauso zu seiner Ausstattung wie die Armani-Klamotten. Als Under-Cover-Mann verkehrte er in den teuersten Diskos, den feinsten Restaurants und – ganz selbstverständlich – in den Spielbanken des Landes.

Und was kam danach? Im Präsidium teilte er sich ein muffiges Büro mit einem Kollegen. Der Blick ging auf den Polizeiparkplatz hinaus.

Er tippte Berichte auf einem veralteten Computer, wertete Akten aus, langweilte sich bei Haftprüfungsterminen und ekelte sich bei Leichenöffnungen in der Gerichtsmedizin.

Bienzle fiel die teure Motorjacht ein, die Neiberg kaufen wollte. Andererseits: Auf Neibergs Ermittlungen ging der Schlag gegen die Polnikow-Leute auf dem Flughafen vor den Toren Berlins zurück. Ein Erfolg, auf den die Polizei der Hauptstadt lange hatte warten müssen. Nur, woher hatte Neiberg seine Erkenntnisse? Er hielt sich bedeckt, wollte seine Informanten nicht nennen. Angenommen, er arbeitete mit Capelli, Cyslak oder Serkiniadse, wenn nicht gar mit Saskia Seyboldt zusammen …?

Bienzle hörte das ferne Grollen eines Donners. Er blinzelte zum Himmel hinauf. Der schmale Ausschnitt, den er über sich sehen konnte, zeigte sich in makellosem Blau. Er schob die Gedanken an Neiberg beiseite. Dessen Erfolge beruhten ja gerade darauf, dass er sich besser als jeder andere in seine Gegner hineindenken konnte. Es war gefährlich, ihm deshalb gleich zu unterstellen, dass er die Seite wechseln könnte.

Das Donnergrollen kam näher und weckte den Penner aus seinem Schlaf. Er rappelte sich mühsam auf, griff nach seinem Rucksack und warf die Riemen über seine Schultern. Dann kam er zu Bienzle herüber. Er deutete mit dem Daumen nach hinten. Bienzle sah ihn verständnislos an.

«Da wird der Stuhl eingehängt!»

Bienzle entdeckte links und rechts an dem Rucksack zwei Schlaufen. Er stand auf, hob den Stuhl und schob die beiden Hinterbeine hindurch. «Sitzt, passt, wackelt und hat Luft», sagte er.

«Ja, wenn i was mach, no funktionierts au!», gab der Penner in unverfälschtem Schwäbisch zurück.

«A Landsmann!», rief Bienzle überrascht.

«Gell, da guckscht! Und wenn du jetzt noch a bissle Geld rüberwachse lasse dätescht...»

Bienzle gab ihm reichlich. Der Mann dankte höflich und trollte sich, und der Kommissar kämpfte mit seiner Enttäuschung. Warum bildete er sich bloß immer so viel darauf ein, Schwabe zu sein?

Über die Dächer der Häuser schob sich die schwarze Gewitterwand, und der Donner war nun deutlich und bedrohlich nahe zu hören. Bienzle sah auf die Uhr. Es war kurz nach eins. Er durfte also etwas essen, zumal er ja zum Frühstück nur einen Kaffee getrunken hatte.

Er ging zur Oranienburger Straße hinüber. Gleich neben der Synagoge, deren goldene Kuppel von den letzten Strahlen einer schon halb verdeckten Sonne beschienen wurde, sah er den Eingang zum *Oren*, einem jüdischen Lokal, das ihm schon von einigen Kollegen empfohlen worden war. Er musste an mehreren uniformierten Kollegen vorbei, die das Gotteshaus bewachten, und trat in den Torbogen, der geradeaus zu einem Lokal im Hof führte. Links ging es in das Restaurant hinein.

Bienzle wählte einen Tisch auf einer kleinen Empore, eher einer Art Podest, zu dem drei Stufen hinaufführten. Er studierte die Karte mit den durchweg koscheren Speisen und entschied sich für Gefillte Fisch. Als er die Karte weglegte und den Blick hob, entdeckte er an der Eingangstür Josef Serkiniadse. Bienzle weigerte sich, dies für einen Zufall zu halten, obwohl er genau wusste, dass es mehr solcher Zufälle gab, als man sich eingestehen wollte. Einmal in seinem Leben war er in New York gewesen, zusammen mit Hannelore. Sie wohnten in der Nähe des Broadway und gingen jeden Abend in ein anderes Theater. Am ersten Abend trafen sie mitten auf der Straße Ron Sebnitz, einen Kollegen aus dem Diebstahlsdezernat, Arm in Arm mit Charlotte Regner aus der Zentralverwaltung. Nach Bienzles Erinnerung war er keinem der beiden jemals irgendwo in Stuttgart außerhalb des Präsidiums begegnet. Zusammen hatte er sie überhaupt noch nie gesehen.

Und als er einmal in Frankfurt nach langen inneren Kämpfen sich endlich einmal entschlossen hatte, in einen Saunaklub zu gehen, weil er sicher war, dass er da niemanden treffen würde, den er kannte, begegnete er an der Eingangstür einem Stuttgarter Richter, vor dem er erst in der Woche davor hatte als Zeuge aussagen müssen. Schwer zu sagen, wer mehr erschrak. Jedenfalls reagierte der Richter schneller und erstaunlich souverän. «So, au do?», sagte er, stieg die vier Staffeln zur Straße hinunter und rief von dort: «Ja dann, viel Vergnügen!»

Bienzle war schließlich doch nicht hineingegangen.

Serkiniadse entdeckte den Kommissar und kam zu ihm herüber. «Das ist ja eine Überraschung», sagte er aufgeräumt. «Gestatten Sie?» Er wies auf einen Stuhl an Bienzles Tisch.

«Bitte!»

«Ich kann Ihnen Gefillte Fisch empfehlen.»

«Wollt ich gerade bestellen.» Bienzles Überzeugung wuchs, dass Serkiniadse dieses Treffen gezielt herbeigeführt hatte. Die Frage war nur, wie?

«Ich wohne hier um die Ecke», sagte der Georgier, «und esse fast jeden Mittag hier. Zu dem Fisch empfehle ich Ihnen einen leichten Weißwein aus Israel.»

Bienzle entschloss sich zu einem Frontalangriff: «Sie haben ja sicher schon gehört, dass ich heute Vormittag bei Henriette Kimmich war.»

Serkiniadse senkte seinen edlen Kopf ein wenig, was man als Zustimmung deuten konnte.

«Sie arbeiten mit ihr zusammen?», fragte Bienzle.

«Wenn es sich ergibt.»

«Hat sich's bei der schmutzigen Intrige gegen Hans Keuerleber ergeben?»

«Ich habe davon gehört, aber das ist nicht mein Stil!» Serkiniadse war weit davon entfernt, beleidigt zu sein.

Bienzle bestellte und wandte sich dann sofort wieder Serkiniadse zu: «Führen Sie denn nun die Firmen Stefan Seyboldts weiter?»

«Nein, ich bin dabei, sie möglichst geordnet zu übergeben.»

«An Saskia Seyboldt?»

«Ja. Aber können Sie den Kommissar nicht mal für ein paar Minuten ruhen lassen?»

«Fällt mir schwer, aber ich kann's versuchen.»

Es trat eine Pause ein. Nach einer Weile lachte Bienzle leise auf. «Sie sehen, es fällt mir nichts anderes ein.»

«Wie geht's Frau Schmiedinger?», fragte Serkiniadse.

«Hannelore? Ja woher kennet Sie jetzt meine Frau?»

«Ich kenne sie eigentlich nicht. Aber wir haben in Stuttgart natürlich immer versucht, alles über unsere Gegner in Erfahrung zu bringen.»

«Gegner – damit meinen Sie mich, nehme ich an?»

«Ja, bei anderen hätte ich vielleicht ‹Feind› gesagt.»

Bienzle nickte.

«Übrigens», sagte der Georgier, «der Mann, mit dem sich Hannelore Schmiedinger während Ihrer Abwesenheit häufig trifft, heißt Patrick Leotat.»

Bienzle war es, als fahre ihm ein Messer mit einer glühenden Klinge in den Brustkorb. Es kostete ihn große Mühe zu sagen: «Ja, ja, der Patrick. Sie kennt ihn seit ihrer Studienzeit. Wir sind beide mit ihm befreundet.» Kläglich war das, und an Serkiniadses Miene konnte er erkennen, dass er das genau so empfand. Ein ohnmächtiger Zorn stieg in Bienzle auf, ein Hass gegen diesen geschniegelten Kerl aus Tiflis. Der hatte sich mit diesem überheblichen Getue keinen Gefallen getan, dafür würde er schon sorgen.

«Schön für Sie», sagte Serkiniadse und wendete sich einer kleinen Vorspeise zu, welche die Bedienung als Gruß aus der Küche vor beide hingestellt hatte.

Draußen ging jetzt ein gewaltiges Gewitter nieder. Der schwere Regen prasselte gegen die Fensterscheiben. Gäste, die hereinkamen, schienen jedes Mal einen Schwall Wasser mitzubringen.

«Dieses Waffengschäft mit dem Iran geht jetzt ja wohl durch», sagte Bienzle.

«Sind wir also doch wieder beim Thema. Ja, ich glaube, die Entscheidung fällt in diesen Minuten.»

Bienzle sagte: «Ich kann mir richtig vorstellen, wie der Ausschuss nach einer kurzen Gedenkminute für Hans Keuerleber den Deal absegnet. Was ist eigentlich so Besonderes an dem Geschäft?»

«Na ja», Serkiniadse tupfte seine Mundwinkel mit der Stoffserviette ab und nahm einen Schluck Weißwein, «bisher waren es meistens gebrauchte Waffen, die geliefert wurden. Alte NVA-Bestände, ausgemusterte Panzer und Geschütze der Bundeswehr, kaum einmal Boden-Boden-Raketen. Diesmal geht es um neue Produkte.»

«Verdient wenigstens unsere Industrie etwas daran?»

«Um die würde ich mir keine Sorgen machen, Herr Bienzle.»

«Und um was für neue Produkte geht es?»

«Stellen Sie sich vor, die Kampfgruppen extremer Islamisten in Afghanistan, Pakistan und den angrenzenden Ländern kämen endlich – auf welchen Wegen auch immer – an moderne Lenkwaffen heran, mit denen sie in die Lage versetzt würden, Kampfhubschrauber, Bomber und Beobachtungsflugzeuge auch aus großer Höhe vom Himmel zu holen …»

«Da würde doch kein westlicher Politiker zustimmen.»

«Sie haben Recht.» Serkiniadse zog eine goldene Spitze aus dem Brusttäschchen seines Jacketts und steckte eine Zigarette auf. Im gleichen Augenblick wurde ihnen der Gefillte Fisch serviert. «Sehen Sie», Serkiniadse lächelte, «der alte Trick: Sobald man anfangen will zu rauchen, kommt das Essen.»

Bienzle zwang sich zu kosten, wie der mit Kräutern und Knoblauch gefüllte Fisch schmeckte, denn seine Gedanken kreisten unablässig darum, was Serkiniadse gesagt hatte – keine gute Voraussetzung, um ein neues Gericht zu probieren.

Sein Kollege Meffert fiel ihm ein. Die Regierung und der zuständige Ausschuss solle einem Waffentransfer zustimmen, den Seyboldt eingefädelt habe. «Wir sind sicher, dass die Waffen, die da auf der Liste stehen, nur von den interessanten Sachen ablenken sollen», hatte Meffert gesagt, und dann hatte er erklärt: «Es geht um ein nagelneues elektronisches System für Lenkwaffen. Viel exakter und mit einer viel größeren Reichweite als alles, was es bisher gab.» Meffert hatte vermutet, dass Seyboldt sich einen Prototyp beschafft hatte, wenn nicht gar Kopien sämtlicher Konstruktionsunterlagen.

«Was haben Sie denn? Schmeckt der Fisch nicht?», fragte Serkiniadse.

Bienzle entschloss sich zum Angriff: «Sie wollen sich zurückziehen, obwohl jetzt das ganz große Geld verdient werden kann?»

«Na ja, über die Größenordnung des Geschäfts kann niemand etwas sagen.»

«Aber wenn's um ein funkelnagelneues elektronisches System zur Steuerung von Lenkwaffen geht, wenn der Verkäufer über einen Prototyp verfügt und die ganzen Konstruktionsunterlagen?»

Serkiniadse fiel das Fischmesser aus der Hand. Er starrte Bienzle an. «Wie kommen Sie darauf …?»

Er holte tief Luft, aber Bienzle ließ ihn nicht weiterreden. «Man hat Sie abserviert. Frau Seyboldt hat Ihnen den Laufpass gegeben. Sie will nicht mit Ihnen teilen. Und nun sind Sie zu mir gekommen, um mich vorsichtig darauf zu bringen, was hinter diesem unappetitlichen Waffendeal wirklich steckt.»

«Stecken könnte. Niemand weiß das genau. Keiner hat den Prototyp je gesehen.»

«Mit wem arbeitet Frau Seyboldt zusammen?»

«Gute Frage.» Serkiniadse hatte längst wieder das Visier vor dem Gesicht.

«Cyslak? Capelli?»

Serkiniadse wiegte zweifelnd den Kopf hin und her. «Das sind Unterwelttypen. Die handeln mit Rauschgift und Frauen, betreiben illegale Spielhöllen, schleusen Emigranten ins Land oder verdealen gestohlene Luxuskarossen nach Russland und in den Vorderen Orient. Aber so ein Geschäft … Da fehlt denen einfach der Durchblick.»

«Wenn einer von denen clever wäre, würde er doch Sie engagieren.»

Serkiniadse hatte sich längst wieder in der Gewalt. Er lächelte. «Ich sage doch: Kein Format!»

«Sie nehmen's ziemlich gelassen.»

«Im Vertrauen, Herr Bienzle: Frau Seyboldt hat mich anständig abgefunden.»

«Trotzdem könnten Sie ihr Gift geben, wie's damals der Stefan Seyboldt bei Ihnen versucht hat.»

«Der scharfe Blick des alten Kommissars. Ihnen macht man nicht so leicht was vor.»

«Ja, so was in der Art hat heut schon mal jemand zu mir gesagt. Der Fisch ist übrigens ganz wunderbar.»

Als sie auf die Oranienburger Straße hinaustraten, hatte der Regen aufgehört. Die Sonne schien milchig weiß, die Straßendecke dampfte. Bienzle sagte: «Eins würde mich doch noch interessieren. Warum haben Sie sich mit Seyboldt arrangiert, obwohl er sogar versucht hat, Sie umzubringen?»

«Ich hatte mit den Ikonenschiebereien nichts zu tun. Und wie Sie wissen, geht auch der Mord an dem Kunsthändler in Stuttgart nicht auf meine Rechnung. Als Seyboldt das kapiert hatte, war er sehr darum bemüht, mit mir wieder ins Reine zu kommen.»

«Billig war das garantiert nicht für ihn.»

Serkiniadse lächelte. «Nein, aber am Ende hat auch er davon profitiert. Eine Tatsache, die Cinderella völlig falsch einschätzt.»

«Cinderella?»

«So hat Seyboldt seine Frau immer genannt. Sie hat es nie gerne gehört.»

Einen Augenblick lang sah es so aus, als wolle Serkiniadse Bienzle die Hand reichen, aber er ließ es dann lieber doch.

Maletzke saß tief in Gedanken an seinem Tisch und kaute auf einer kurzen gebogenen Pfeife herum. «Dass du dich auch mal wieder sehen lässt», empfing er Bienzle. Er zog seinen Tisch zu sich heran. Bienzle schob den seinen nach, und zwängte sich auf den Bürostuhl.

«Der Kollege Meffert hat Recht gehabt. Es geht um ein neues Lenkwaffensystem.» Bienzle warf seinen Hut auf den Tisch. «Wenn mir das einer gesagt hätt, dass ich amal mit so was zu tun krieg.»

Maletzke wählte eine dreistellige Nummer und sagte dann ins Telefon: «Komm mal rüber. Bienzle weiß was.»

Bienzle überlegte, ob er die kurze Zeit, bis Meffert kam, nutzen sollte, um mit Maletzke über seinen Verdacht gegen Neiberg zu sprechen.

Aber da sagte Maletzke schon: «Pjotr Iwanow und Ismail Polnikow haben umfassende Geständnisse abgelegt.»

«Bei wem?»

«Bei mir. Neiberg hat nicht so viel Geduld.»

«Und?»

«Polnikows Bruder wurde beauftragt, eine Firma in der Schweiz zu gründen, um als eine Art Zwischenhändler oder Relaisstation zwischen Seyboldt und den Iranern zu wirken.»

«Was macht denn das für einen Sinn?»

«Vielleicht kommen wir noch drauf.»

«Und der Mord an Polnikow?»

«Seyboldt hatte das Waffengeschäft Michail Polnikow gegenüber klein geredet. Aber Polnikow ist ihm draufgekommen, dass es um einen dreistelligen Millionenbetrag gehen sollte. Er forderte einen angemessenen Anteil. Ich frage mich nur, was so viel wert ist...?»

«Elektronische Steuerungen für Lenkwaffen, die am Ende an die Al Qaida, die Hisbollah und ähnliche Organisationen gehen sollten!»

Maletzke sah seinen Stuttgarter Kollegen erstaunt an.

Meffert kam herein. Er setzte sich auf die Fensterbank und ließ die Absätze in unregelmäßigen Abständen gegen die Holzverschalung der Heizung bumsen. Bienzle berichtete knapp von seinen Begegnungen mit Henriette Kimmich und Josef Serkiniadse. Als er fertig war, stieß sich Meffert von der Fensterbank ab und sprang auf den Boden. «Gut! Sehr gut!», rief er. «Am besten, ihr ruft gleich die Sonderkommission zusammen.»

«Ich möchte damit noch einen oder zwei Tage warten.»

Maletzke und Meffert sahen Bienzle verständnislos an. «Warum?», fragten sie wie mit einer Stimme.

«Ich kann's gar nicht so genau sagen.»

«Also das geht nicht», Meffert schüttelte entschieden den Kopf. «Die Bundesregierung hat der Lieferung heute zugestimmt. Wir brauchen so schnell wie möglich eine richterliche Durchsuchungsanordnung. Aber dafür müssen alle Karten auf den Tisch.»

«Durchsuchung, wo?», fragte Bienzle.

«In allen Räumen des Im- und Export-Unternehmens Seyboldt GmbH und Co. KG.»

«Ach, das ist 'ne GmbH?»

«Hast du das nicht gewusst?»

«Und wer ist der Co.?»

«Seine Frau, wer sonst? Stille Teilhaberin. Mindestens hat's bisher so ausgesehen.»

«Wisst ihr, was die Abkürzung GmbH auch noch bedeutet?»

Die beiden schauten ihn fragend, aber auch ungeduldig an. Jetzt musste sofort etwas passieren, und der Schwabe kam mit irgendwelchen Spielchen. «Sag schon», knurrte Maletzke.

«‹Gehste mit, biste hin›. Und irgendwie stimmt das ja auch.»

Maletzke schlug mit der flachen Hand auf den Tisch. «Ich geh jetzt zu Tiefenbach.»

«Jetzt wart halt!» Bienzle beugte sich über den Tisch und nahm unwillkürlich Maletzkes Haltung ein: die Hände gefaltet, die Ellbogen weit ausgestellt. Er blies die Backen auf und sagte schließlich: «Ich weiß selbst, dass es ungeheuerlich klingt, aber wir müssen davon ausgehen, dass es hier im Präsidium einen Maulwurf gibt.»

«Ausgeschlossen», sagte Meffert.

«Du denkst an Neiberg», sagte Maletzke.

Bienzle nickte. «Er wusste, dass wir den Abgeordneten Keuerleber treffen wollten. Er wusste auch, wo und wann.»

Maletzke und Meffert sahen sich betroffen an. Leise, fast tonlos sagte Meffert: «Das würde allerdings einiges erklären.»

«Okay», Maletzke stemmte sich an der Tischplatte hoch. «Was hast du vor?»

«Man muss Cinderella konfrontieren mit dem, was wir wissen.»

«Und wer ist das?», fragte Meffert.

«Frau Seyboldt … nehm ich doch an», sagte Maletzke. «Übrigens, Bienzle: Der Mord an Seyboldt ist auch aufgeklärt. Ismail Polnikow hat zugegeben, Seyboldt erschossen zu haben.»

«Du meinst, eigentlich hab ich Feierabend hier in Berlin?»

«Im Grunde schon, du würdest uns aber einen Gefallen tun, wenn du dir Saskia Seyboldt noch vorknöpfen würdest. Vielleicht erfährst du von ihr etwas über das geplante Waffengeschäft.»

Bienzle traf sie in Seyboldts ehemaligem Büro, das sich im ersten Stock eines repräsentativen Gebäudes am Olivaer Platz befand. Sie trug einen eleganten schwarzen Hosenanzug mit einem silbergrauen Shirt darunter, dazu halbhohe Schuhe und eine randlose Brille, die er nie zuvor an ihr gesehen hatte. Die langen blonden Haare hatte sie sich kürzen lassen. Sie lagen gefällig in lauter kleinen Locken um ihren Puppenkopf. Jede ihrer Bewegungen schien genau überlegt zu sein. Auch die Geste, mit der sie Bienzle aufforderte, sich zu setzen, wirkte einstudiert.

«Ich habe wenig Zeit!»

«Es hängt von Ihnen ab, wie schnell wir fertig werden.» Bienzle lehnte sich gemütlich auf dem Ledersessel zurück und machte die Beine lang. «Wir wissen nun, wer Ihren Mann ermordet hat.»

«Ach ja?»

«Scheint Sie nicht besonders zu interessieren.»

«Das macht ihn ja auch nicht wieder lebendig!»

«Es war Ismail Polnikow. Er hat seinen Bruder gerächt. Und der musste offenbar sterben, weil Ihr Mann ein großes Waffengeschäft, das er gemeinsam mit Michail Polnikow in die Wege geleitet hatte, alleine machen wollte. Ohne seinen Partner.»

«Sie verdächtigen meinen Mann, einen Mord begangen zu haben?»

«Einen? Wenn Sie wüssten, wessen ich ihn sonst noch verdächtige.»

«Ich hab keine Zeit, mir Ihre Geschichten anzuhören.»

Bienzle war nicht beeindruckt. «Und Serkiniadse? Was ist mit Serkiniadse? In Stammheim hat Ihr Mann den Auftrag erteilt, ihn umzubringen. Später haben die beiden sich versöhnt, und Serkiniadse hat sogar für Stefan Seyboldt gearbeitet. Aber so einer wie Serkiniadse vergisst nichts und verzeiht nichts.»

Saskia Seyboldt schauderte. Und als Bienzle dies wahrnahm, kam er auf eine Idee.

«Sie haben ihn rausgeschmissen. Daraufhin hat er uns genau so viel verraten, wie wir wissen müssen, um einen höchst begründeten Verdacht gegen Sie aufzubauen. Also werden wir Sie keine Sekunde mehr aus den Augen lassen. Genau wie Serkiniadse sich das wünscht.»

«Und was soll ihm das nützen?»

«Michail Polnikow und Seyboldt sind tot. Sie und Serkiniadse leben. Wer als Erster an das elektronische Leitsystem für Lenkwaffen herankommt, wird es den Iranern verkaufen. Und damit ist der erste Schritt getan, um den radikalen Islamisten einen gewaltigen Kriegsvorteil gegen die Amerikaner und ihre Verbündeten zu verschaffen.»

Saskia Seyboldt starrte Bienzle aus ihren weit aufgerissenen wasserblauen Augen an, sagte aber nichts.

Bienzle drehte seinen Hut auf den Knien und sagte, ohne aufzusehen: »Weiß Serkiniadse, wo Ihre Kinder sind?»

Saskia Seyboldt begann zu zittern. «Was wollen Sie damit andeuten?»

«Ich finde, es wäre besser, er wüsste es nicht. Serkiniadse ist zu jedem Verbrechen in der Lage, glauben Sie mir.»

«Sie wollen mir Angst machen!»

«Ich? – Der Gedanke an Serkiniadse macht Ihnen Angst. Sie haben den Fehler gemacht, sich nicht mit ihm zu verbünden.»

«Woher wollen Sie das überhaupt wissen?»

«Er hat es mir gesagt?»

«Josef... Josef Serkiniadse hat Ihnen das gesagt?»

«Ich weiß sogar, dass Ihr Mann Sie Cinderella genannt hat.»

Saskia Seyboldt sprang auf, sie hastete ziellos im Raum hin und her. Plötzlich hatte sie ihre kühle Beherrschung völlig verlassen. Sie war aufgewühlt. Ihre Arme bewegten sich in flatternden Bewegungen auf und ab.

«Rufen Sie an», sagte Bienzle.

«Wen?»

«Na dort, wo Ihre Kinder sind. Vielleicht sollte man die Menschen warnen, die sie betreuen. Ich würde Ihnen das jedenfalls raten.»

Saskia griff zum Telefon. «Warten Sie bitte draußen.»

«Ich denk ja ned dran!» Er warf den Hut auf einen Sessel neben sich und schlug die Beine übereinander.

Saskia wählte. Als sie Verbindung hatte, sagte sie: «Ich bin's, Saskia. Wie geht es Mark und Amelie?» Sie hörte zu und atmete auf.

Bienzle sagte: «Vielleicht sollten wir Polizeischutz für die beiden organisieren.»

Saskia rief ins Telefon: «Nein, auf keinen Fall sollen sie zur Beerdigung kommen. Sobald ich hier ein bisschen Luft habe, komm ich zu euch. Nein, nein, ich brauch keine Hilfe hier. Ich komm hier sehr gut zurecht.»

Bienzle sagte leise vor sich hin: «Mama!»

Saskia rief ins Telefon: «Gib ihnen einen Kuss von mir!»

Sie legte auf, und wieder sagte Bienzle: «Mama!»

«Was soll das?»

«‹Nein, nein, ich brauche keine Hilfe hier, Mama. Gib Ihnen einen Kuss von mir, Mama.› Ich hab nur Ihre Sätze vervollständigt. Die Kinder sind bei Ihrer Mutter. Und die lebt immer noch in Furtwangen.»

Saskia fuhr herum und funkelte Bienzle böse an, ihre Augen wirkten jetzt wieder wie aus Granit. «Sie haben das Ganze nur inszeniert, um aus mir herauszuholen, wo meine Kinder sind?»

«Mein Gott», sagte Bienzle, «Ihre Eltern wohnen in Furtwangen in der Bachgasse 17. Meinen Sie, wir hätten das nicht längst ermittelt. Jeder Dorfpolizist kann für mich nachsehen, ob Ihre Kinder dort sind. Und genauso leicht wie ich kommt auch jeder andere auf den Gedanken, Mark und Amelie dort zu vermuten. Wenn Sie selber bis jetzt nicht so weit gedacht haben, sollten sie tunlichst Ihre Finger von den Geschäften lassen, die Ihr Mann bis zu seinem Tod betrieben hat.»

Bienzle wuchtete sich aus dem Sessel heraus und griff nach seinem Hut.

«Dieser Verkauf hat nichts Kriminelles.» Saskia Seyboldt hatte sich verdammt schnell wieder in der Gewalt. «Es handelt sich um Waffen, die mein Mann völlig legal aus Bundeswehrbeständen und aus neuer Fabrikation angekauft hat. Die Liste lag dem zuständigen Bundestagsausschuss vor. Es gibt keine Einwendungen. Ich verbitte mir die Unterstellung, dass ich etwas Ungesetzliches …»

«Oh, verhebet Se's», fuhr ihr Bienzle in breitem Schwäbisch in die Parade, «und tun Sie ned so, als ob Sie Babynahrung oder Wolldecken nach Persien verkaufen wollten.»

«Raus!», zischte Saskia Seyboldt.

«Noch so ein Unterschied», sagte Bienzle, «der Serkiniadse verliert niemals die Contenance. Frau Kimmich übrigens auch nicht. Irgendwie sind Sie no a bissle arg neu im Geschäft!»

«Sie Scheißkerl!» Saskia war den Tränen nah, und zum ersten Mal, seitdem er sie kannte, kam Bienzle diese junge Frau nicht wie eine Puppe vor. Er ging zur Tür.

Dort drehte er sich nochmal um. «Der junge Polnikow hat in der Schweiz ein Handelsunternehmen gegründet, über das der Waffendeal abgewickelt werden sollte. Existiert die Firma noch?»

«Kriegen Sie's raus!»

«Worauf Sie sich verlassen können!»

Bienzle fuhr in einem Taxi zum Gefängnis nach Moabit. Er ließ sich durchschließen bis zu Ismail Polnikows Zelle. Der Vollzugsbeamte sagte: «Er kommt nur zu den Essenszeiten heraus. Sonst sieht man ihn nie. Er verweigert sogar den

Hofgang.» Nachdem er aufgeschlossen hatte, trat der Beamte einen Schritt zurück und sagte: «Bitte!» Bienzle öffnete die Tür. Ismail Polnikow hing am Gitter des Zellenfensters. Er hatte sein Betttuch in Streifen gerissen und daraus eine Schlinge geformt – er oder der, der ihn aufgehängt hatte.

Bienzle veranlasste routinemäßig das Notwendige. In solchen Situationen funktionierte er quasi automatisch, seine Anweisungen kamen überlegt und präzise, obwohl er mit seinen Gedanken längst ganz woanders war. Als die Spurensicherer eintrafen und ein junger Kollege der Mordkommission 3 sich als Ermittlungsführer vorstellte, nickte Bienzle nur und schritt den langen Gefängnisgang hinunter. Er registrierte nicht, dass ihm immer wieder eine Gittertür aufgeschlossen wurde, bedankte sich dennoch automatisch und ging mit steifen Schritten auf den Ausgang zu. Er sah zu der verglasten Kanzel hinauf, aus der ein Vollzugsbeamter grüßte, indem er mit dem Zeigefinger an der Stirn salutierte. Bienzle fror plötzlich. Und er war froh, als sich das Gefängnistor hinter ihm schloss.

An einem Kiosk kaufte er sich eine Flasche Korn und zwei Flaschen Bier. Er ging in die Pension und verschwand in seinem Zimmer, ohne dass er jemandem begegnet wäre, setzte sich auf sein Bett und gurgelte die halbe Flasche Schnaps leer. Dann rief er Hannelore an.

«Du bist's?», sagte sie, als er sich meldete.

«Ja, ich, ich bin's, nicht der Patrick Leotat.»

«Wer?»

«Komm, sei so gut!» Er nahm einen Schluck aus der Pulle.

«Bist du betrunken?»

«Noch nicht, aber bald.»

«Wer ist Patrick Leotat?», fragte Hannelore.

Schlagartig begriff Bienzle. «Dieser Scheißkerl, dieses Schwein…»

«Hör auf! Über wen redest du überhaupt?»

«Über Josef Serkiniadse, einen Gentleman aus Georgien. Vergiss es bitte, Hannelore, er hat mich so was von reingelegt. Und ich hab auch noch so getan, als würde ich den Kerl kennen.»

«Wen um Gottes willen?»

«Patrick Leotat, einen alten Studienkollegen von dir, mit dem ich mich auch angefreundet habe.»

«Ruf mich bitte wieder an, wenn du nüchtern bist, ja?!»

Hannelore legte auf.

«Ich Rindvieh!», sagte Bienzle und öffnete jetzt erst eine der Bierflaschen.

Achter Tag

«Mann ist mir schlecht!», stöhnte Bienzle, als er sich aus dem Bett quälte. Wie er hineingekommen war, wusste er nicht mehr. Dass er ein Unterhemd und Strümpfe anhatte und sonst nichts, irritierte ihn zusätzlich.

Als er den Frühstücksraum betrat, brachte ihm der Diensthabende der beiden Wirte ungefragt ein Glas Wasser und warf eine Alka-Seltzer hinein. Dann servierte er ihm zwei Rollmöpse und dazu sehr dunkles Brot, das er fürsorglich mit Butter bestrichen hatte. Bienzle nickte zustimmend und sagte: «Mir ist gar nicht gut!»

«Kann man ja verstehen.» Der Wirt war einer, der a priori alles verstand.

«Ich bin zu alt für so was», schob der Kommissar nach.

«Neulich hatte ich einen Gast, der sagte: Alter ist nun mal nichts für Weichlinge! Aber so weit ist es bei Ihnen ja noch lange nicht, Herr Bienzle.»

Der Kommissar aß die Rollmöpse, trank rabenschwarzen, extra starken Kaffee und schüttete auch noch das Glas Sekt hinunter, das ihm der Wirt brachte. Als er vom Frühstückstisch aufstand, hatte er Mühe, das Gleichgewicht zu finden.

«Können Sie nicht einen Tag freimachen?», fragte der Wirt besorgt.

«A anders Mal vielleicht», antwortete Bienzle und verließ die Pension. Der Wirt sah ihm voller Mitleid nach. «Armer Kerl. Schwerer Job», sagte er leise und begann den Tisch abzuräumen.

Es war schwül in den Straßen von Berlin. Bienzle ging mit schleppendem Gang die Wielandstraße Richtung Kudamm entlang, wich einem kackenden Hund aus, der ein grellrotes Schleifchen in den Kopfhaaren hatte und dessen Frauchen in einem rosafarbenen Morgenrock und Pelzpantöffelchen mit ihm auf die Straße gegangen war. In Stuttgart wäre so jemand aufgefallen, hier beachtete niemand das seltsame Paar. Bienzle fand das gut. Er war froh, dass auch ihn niemand beachtete.

Er ging bis zum Bratwurststand Kudamm 195, wo er am ersten Tag seines Berlin-Besuchs gegessen hatte. Das war so ein Tag, da würde er ständig Hunger haben, egal was er aß. Er bestellte sich eine Currywurst und stellte sich an einen der runden Tische.

Sein Blick fiel auf die Tafel über dem Bratwurststand. Currywurst mit allem, las er, 3 Euro 90. Dann folgten die anderen Speisen, die Biere, die Säfte, Mineralwasser, und schließlich las er: Dom Perignon, 150 Euro. Vielleicht gab es tatsächlich Leute, die hier eine Currywurst aßen und den teuersten Champagner dazu tranken.

Eine Frau gesellte sich zu ihm. Sie hatte ein wächsernes Gesicht, das einmal schön gewesen sein musste. Aber es war aus der Form geraten, wirkte teigig, die unteren Partien ihrer Wangen bildeten kleine Säckchen. Sie biss in eine Thüringer Bratwurst und sagte: «Starren Sie mich nicht so an, das ist das Cortison!»

Bienzle musste lachen.

«Was ist denn?», fragte die Frau.

«Ihr Berliner kommt immer gleich zur Sache. Wenn ich mir vorstelle, wie lange das in Stuttgart gedauert hätte, bis jemand diesen Satz gesagt hätte …»

«Sie kommen aus Stuttgart?»

«Ja, aber heut komm ich direkt aus meinem ganz persönlichen Chaos!»

«Das kenn ich», sagte die Frau, «oh, wie ich das kenne!»

Sie aßen eine Weile schweigend, dann sagte sie: «Müssen Sie nicht zur Arbeit, oder sind Sie arbeitslos?»

«Ich bin Beamter, da wird man nicht so leicht arbeitslos.»

Die Frau sah auf die Uhr. «Wenn Sie Beamter sind, haben Sie ja noch ein bisschen Zeit.»

«Wieso?»

«Na, Sie sind gut, versuchen Sie mal in Berlin vor zehn Uhr einen Beamten in seinem Büro zu erreichen.»

«Und was machen Sie?», fragte Bienzle.

«Ich schlage mich so durch. Meistens als Komparsin beim Film. Irgendwie mögen die meine Visage.»

«Sie sehen ja auch ein bisschen aus wie Simone Signoret.»

Im Gesicht der Frau ging die Sonne auf. Ihre Züge schienen sich zu straffen. «Ja, das stimmt. Das hat mir schon mal jemand gesagt. Und ohne dieses Scheißcortison …!» Sie winkte ab und ließ den Satz in der Luft hängen.

«Und Sie können nicht darauf verzichten?»

«Nee, dann kann ich vor lauter Schmerzen nicht mehr gehen. Aber warum erzähle ich Ihnen das alles?»

«Ach, machen Sie sich nichts draus. Ich bin der Typ. Mir erzählen die Leute immer mehr, als sie wollen, und davon lebe ich.»

«Sind Sie Therapeut?»

«Nein, aber manchmal a bissle was in der Art.»

«Ob wir noch einen Sekt trinken?» Die Frau lehnte sich über den Tisch, und Bienzle roch, dass das nicht ihr erster Alkohol an diesem Morgen gewesen wäre. Aber konnte er sich in seinem augenblicklichen Zustand darüber erheben? Er ging an den Tresen und kam mit zwei Piccolo und zwei Gläsern wieder.

«Haben Sie keinen Drehtag heute?», fragte er, als er eingoss.

«Doch, am Nachmittag. In Babelsberg bei ‹Gute Zeiten, Schlechte Zeiten› in einer Szene im Bistro. Ich sitze an einem Tisch und trinke mit einem feinen Herrn Kaffee – wahrscheinlich.»

Bienzle fiel eine Kabarettszene mit Helmut Qualtinger ein, und er fragte: «Und wie legen Sie die Rolle an?»

Die Frau erinnerte sich offensichtlich an dieselbe Szene und antwortete prompt: «Hintergründig!»

Beide lachten, und beide empfanden plötzlich eine enorme Sympathie füreinander.

«Schade», sagte die Frau.

«Was ist schade?»

«So einen wie Sie trifft man nicht oft.»

«So eine wie Sie aber auch nicht», sagte Bienzle.

«Ja, dann könnte man das ja wiederholen.» Ihre Augen leuchteten.

«Ja, schon, aber ich bin morgen, spätestens übermorgen wieder in Stuttgart», sagte Bienzle. «Hoffentlich!»

Das Strahlen in den Augen der Frau erlosch. «Ich hab kein Glück. In meinem ganzen Leben hatte ich noch nie Glück, aber ich find es noch. Ganz bestimmt. Ich finde es noch!»

«Hundertprozentig», sagte Bienzle und griff nach ihrer Hand. Dann ging er zum Tresen, bezahlte, und als er wieder an dem Stehtisch vorbeikam, war die Frau verschwunden. ‹Vielleicht›, dachte er, ‹vielleicht schau ich morgen früh nochmal vorbei, ob sie wieder da ist.› Aber irgendwie ahnte er schon, dass es dazu nicht kommen würde.

Als er im Präsidium erschien, hatte er sich etwas erholt. Zwar plagte ihn immer noch ein leichter Schwindel, aber er fühlte sich wenigstens so, dass er den Tag in Angriff nehmen konnte.

Maletzke war nicht in seinem Büro. Auf dem Tisch lag ein Zettel: «Sitzung der Sonderkommission Konferenzraum 7. Bitte so schnell wie möglich kommen!»

Als Bienzle die Tür zu dem Konferenzraum aufstieß, schlug ihm ein wildes Stimmengewirr entgegen. Er drückte die Tür etwas zu laut zu. Plötzlich verstummten alle und starrten ihn an. «Guten Morgen», sagte Bienzle.

«Sie haben es gewusst, aber Sie haben nichts dagegen unternommen», herrschte ihn Kriminaloberrat Tiefenbach an.

«Ich? Meinen Sie mich?»

«Natürlich Sie. Solche Extratouren können Sie sich vielleicht in Stuttgart erlauben. Aber nicht hier in Berlin.»

Bienzle sah Maletzke an. «Kannst du mir vielleicht erklären …»

«Sie haben Frau Seyboldt gegenüber gesagt, ihre Kinder könnten möglicherweise entführt werden!», dröhnte Tiefenbach.

«Ja und?»

«Sie *wurden* entführt», sagte Maletzke leise.

«Woher haben Sie das gewusst?», brüllte Tiefenbach.

«Ich habe es nicht gewusst. Ich habe es für möglich gehalten. Und ich habe ihr das gesagt, um endlich etwas aus ihr herauszukriegen. Im Ernst habe ich natürlich nicht geglaubt …»

«Geglaubt», schnaufte Tiefenbach.

«Gewusst hab ich's jedenfalls nicht», Bienzle setzte sich neben Maletzke. «Ich erklär's Ihnen», hob er an und gab dann einen genauen Bericht über seine Gespräche mit Josef Serkiniadse und Saskia Seyboldt. Bienzle war schon immer ein guter Erzähler gewesen, ein viel besserer als Neiberg zum Beispiel, über den er zu sagen pflegte, es gebe keinen Menschen, der mit so vielen Worten so wenig sagen könne.

War es zu Beginn seines Vortrags noch unruhig in dem großen, schmucklosen niedrigen Raum, so wurde es nach und nach stiller, während er sprach. Zum Schluss sagte er: «Die Schlüsselfrage ist: Wer weiß, wo der Prototyp und die Konstruktionsunterlagen für das elektronische Lenksystem versteckt sind? Ich wage mal eine Vermutung: Der verstorbene Stefan Seyboldt hatte Ismail Polnikow veranlasst, eine Im- und Exportfirma in der Schweiz zu gründen. Das Geschäft mit dem Iran sollte über die Relaisstation Zürich oder …»

«Die Firma ist in Kreuzlingen», warf Neiberg ein.

«Noch besser», sagte Bienzle. «Also das Geschäft soll über die neue Firma in Kreuzlingen abgewickelt werden. Dort wird das Leitsystem in die Waffenlieferung eingefädelt. Der Kollege Meffert sagte ja bereits, die offiziell genehmigten Waffen sollen nur verdecken, was eigentlich geliefert wird und womit die Händler das ganz große Geld verdienen wollen. Jetzt gehe ich davon aus: Nur Saskia Seyboldt weiß, wo der Prototyp und die Konstruktionsunterlagen sind, und der Entführer der Kinder will sie dazu zwingen, ihr Wissen zu verraten.»

«Das alles leuchtet ein», sagte Tiefenbach beeindruckt.

Bienzle lehnte sich weit gegen die Stuhllehne zurück, streckte seine Beine und hakte die Daumen in den Hosenbund. Dann sagte er: «Ich glaube übrigens, ich weiß es auch!»

Plötzlich herrschte Totenstille, bis Tiefenbach polterte: «Ja, dann raus mit der Sprache!»

Bienzle schüttelte den Kopf. «Nicht hier und nicht jetzt!»

«Was soll denn das?» Tiefenbach bekam einen roten Kopf.

«Zu viel Öffentlichkeit!»

Noch einen Moment hielt die Stille, dann redeten plötzlich alle wild durcheinander. Währenddessen wandte sich Bienzle an Maletzke. «Weiß man inzwischen Genaueres über Ismail Polnikows Tod?»

«Er ist erst betäubt und dann von fremder Hand erhängt worden», sagte Maletzke. «Mindestens behaupten das die Gerichtsmediziner in ihrem Bericht.»

Bienzle nickte, als ob er nichts anderes erwartet hätte. Maletzke sah ihn von der Seite an. «Es könnte sein, dass du dich gerade in Lebensgefahr gebracht hast!»

«Manchmal muss man halt a bissle nachhelfen!»

«Ich an deiner Stelle hätte das nicht gemacht», sagte Maletzke.

Tiefenbach löste die Versammlung auf und bat Bienzle in sein Büro. «Bei uns sind solche Alleingänge nicht üblich und auch überhaupt nicht geschätzt», sagte er, sofort nachdem er die Tür geschlossen hatte.

«Ja Gott, ich bin halt fremd hier», antwortete Bienzle.

«Also, wo soll dieses geheimnisvolle Leitsystem sein?»

«Der Herr Seyboldt hat ein Gütle in der Nähe von Bodman.»

«Und wo ist das?»

«Am Bodensee, nicht weit von Überlingen, wenn Sie das kennen.»

«Ja, kenne ich. Und weiter?»

«Von dort kann man leicht etwas nach Kreuzlingen bringen. Das sind keine 30 Kilometer. Es geht auch über den See. Kreuzlingen liegt direkt hinter der Grenze. Es ist im Grund mit Konstanz zusammengebaut.»

«Und wie stellen Sie sich das vor …?»

«Der Transport kriegt seine Papiere. Er wird beim deutschen Zoll abgestempelt, in Kreuzlingen wird er ganz offiziell durch ein paar Waffensysteme ergänzt. Nichts Bedeutendes, ein paar Gewehre, Bazookas, kleine Geschütze, von der schweizerischen Armee ausgemustert und an die Waffenhandelsfirma Seyboldt verkauft.»

«Ich verstehe. Bei dieser Ergänzung der Lieferung, glauben Sie, wird das Lenkwaffenleitsystem mit reingeschmuggelt.»

«Sie haben es genau erfasst.» Bienzle strahlte Tiefenbach an. «Niemand wird es bemerken. Es sind schon Panzer als Landmaschinen getarnt nach Libyen gegangen!»

«Aber wo liegt dann das Problem? Ihre baden-württembergischen Kollegen schicken ein Sondereinsatzkommando nach Bodelan oder wie das heißt …»

«Bodman», verbesserte Bienzle. «Das Problem sind die Kinder, Herr Kriminaloberrat!»

«Ah ja, natürlich. Und was schlagen Sie vor?»

«Ich nehme die nächste Maschine nach Friedrichshafen.»

«In Friedrichshafen gibt es einen Flugplatz?»

«Ja, sicher. Ich werde versuchen, das Versteck ohne Aufsehen zu finden. Wenn die Lenkwaffen in Sicherheit sind, bringe ich Serkiniadse auch dazu, die Kinder freizulassen.»

«Und woher wissen Sie, dass Serkiniadse der Entführer ist?»

«Darauf verwette ich meine Kantinenmarken fürs ganze nächste Jahr!»

Er ging zur Tür. Tiefenbach ließ ihn nicht aus den Augen. Als Bienzle die Hand auf die Klinke legte, sagte der Kriminaloberrat: «Herr Bienzle?»

«Ja?»

«Sagen Sie mir nur eins ...»

«Ja?»

«Essen Sie überhaupt in der Polizeikantine?»

«Nur wenn's gar ned anders geht!» Damit ging Bienzle hinaus.

Bienzle fuhr in seine Pension und packte die Koffer. Das Klopfen hinter seiner Stirn war wieder heftiger geworden. Aber er wollte keine Tabletten nehmen. Er gehörte zu den Leuten, die fest darauf vertrauten, dass ihr Körper mit kleineren Malaisen aus eigener Kraft fertig würde. An der Tür verabschiedete er sich von seinen beiden Pensionswirten und bedankte sich. «Wenn ich mal wieder nach Berlin komme, wohne ich ganz bestimmt wieder bei Ihnen.»

«Und wann wird das sein?», fragten die beiden wie mit einer Stimme.

«Das letzte Mal hat's fünfzehn Jahr gedauert, aber so lang lass ich's diesmal nicht anstehen.» Er drückte seinen Gastgebern die Hand, und die bemühten sich, nicht zu zeigen, dass ihnen der Druck von Bienzles Pranke wehtat.

Unten, auf der Wielandstraße, warf Bienzle den langen Trageriemen seiner Reisetasche über die Schulter und ging mit schnellen, langen Schritten zum Kudamm, wo er den Bus zum Flughafen Tempelhof nehmen wollte. Wie schnell man sich doch an so eine neue Umgebung gewöhnen konnte. Die Stadt kam ihm plötzlich vertraut vor, obwohl er doch nur so wenige Ausschnitte zu sehen bekommen hatte. Er nahm sich vor, so bald wie möglich zusammen mit Hannelore wieder herzukommen. Abrupt blieb er stehen. Er hatte sich am Abend zuvor Hannelore gegenüber bis auf die Knochen blamiert.

Bienzle nahm sein mobiles Telefon aus der Tasche, wählte und schaltete wieder aus. Im Augenblick fühlte er sich einem Gespräch mit ihr nicht gewachsen. Er steckte das Handy wieder ein, und in diesem Augenblick fiel sein Blick auf einen Mann, der auf der anderen Straßenseite stehen geblieben war. Der Mann hatte seinen Fuß auf die zweite Treppenstufe vor einem Hauseingang gestellt und band einen Schnürsenkel fest. Irgendwie hatte Bienzle ihn schon zuvor wahrgenommen, jetzt aber kam ihm zu Bewusstsein, dass der Mann ihn auf der anderen Straßenseite schon seit der Pension begleitet hatte. Er trug eine schwarze Lederjacke und helle Jeans.

Das lernte man in keinem Kurs. Das lehrte einen der Beruf. So wie ein guter Autofahrer immer alle Fahrzeuge im Auge hat, die seine eigene Fahrt in irgendeiner Weise beeinflussen könnten, so hatten auch viele Polizisten ein Sensorium entwickelt, um sozusagen beiläufig alles wahrzunehmen, was in einem gewissen Umkreis um sie herum geschah. Er nahm seinen Weg wieder auf, erreichte den Kurfürstendamm und überquerte verkehrswidrig die Fahrbahn, ohne einen Fußgängerüberweg oder eine Ampel zu benutzen. In einem Schaufenster auf der gegenüberliegenden Seite sah er verzerrt den Mann, der sich zuvor die Schnürsenkel gebunden hatte. Er wollte auf die Fahrbahn treten, musste aber zurückweichen, weil auf der Busspur ein Taxi mit viel zu hoher Geschwindigkeit gefahren kam.

Bienzle trat in den Bus, der als Zielort «Airport Tempelhof» angab. Er stieg vorne ein, bezahlte und beobachtete aus den Augenwinkeln, dass sein Verfolger durch die hintere Tür einstieg. Bienzle schob seinen Polizeiausweis neben den Fünfeuroschein und sagte, ohne die Lippen zu bewegen: «Sehen Sie den Mann, der gerade durch die hintere Tür einsteigt?»

Der Fahrer schaute in seinen Panoramarückspiegel. Er nickte. Bienzle sagte: «Wenn er sich gesetzt hat, lassen Sie mich schnell wieder raus, und dann fahren Sie aber auch sofort los!»

«Wenn Ihnen det wat hilft. Und wat is mit dem Fahrschein, wollen Sie den trotzdem?»

«Wenn's ned sein muss … ich nehm jetzt ein Taxi!»

«Bei uns zählt jeder Fahrgast!»

Während ihres kurzen, leise geführten Gesprächs wechselte der Fahrer routiniert den Fünfeuroschein, ließ das Ticket aus dem Drucker und beobachtete den Mann in der schwarzen Lederjacke. Der setzte sich auf die erste Bank hinter der Mitteltür, die der Fahrer nun durch einen Knopfdruck schloss. «Jetzt!», stieß er zwischen den Zähnen hervor. Bienzle sprang aus dem Bus, der im gleichen Moment anfuhr. Der Fahrer sah, wie der Mann in der schwarzen Lederjacke aufsprang und nach vorne rannte. «Anhalten!», schrie er.

«Jeht nich!», gab der Busfahrer lakonisch zurück und lenkte sein schweres Fahrzeug auf die normale Fahrbahn, um einem Lastwagen auszuweichen, der auf der Busspur stand.

«Anhalten, habe ich gesagt!», zischte der Mann in der

schwarzen Lederjacke. Er stand nun dicht hinter dem Fahrer, zog eine Pistole aus dem Hosenbund und drückte sie gegen den Nacken des Chauffeurs. Eine Frau, die auf der Längsbank für Behinderte direkt hinter der Einstiegstür saß, kreischte entsetzt auf.

Der Mann in der Lederjacke fuhr herum und richtete seine Waffe gegen die Fahrgäste. Der Fahrer steuerte den Bus an den Straßenrand. Zischend öffnete sich die Tür. «Sie können raus!»

Der Mann in der Lederjacke ging rückwärts Richtung Tür, tastete mit den Fußspitzen nach der Stufe und hielt immer weiter den Fahrer und seine Passagiere mit der Pistole in Schach. Er setzte einen Fuß auf die Straße. Der Fahrer drückte auf den Knopf, um die Tür zu schließen, und gab gleichzeitig Gas. Der Mann in der Lederjacke verlor das Gleichgewicht und fiel rückwärts. In seinem Außenspiegel sah der Busfahrer, wie der Mann aufs Kreuz fiel und die Pistole verlor. «Da kiekste, wa?», sagte er und hatte auch schon sein Funkgerät eingeschaltet, um den Vorfall zu melden.

Der Mann in der Lederjacke war mit der Schulter auf den Rinnstein geprallt und hatte Mühe, wieder hochzukommen. Mit seinen Augen suchte er die Pistole, aber die kickte gerade ein Mann, der mit einer leeren Obstkiste aus einem Gemüseladen kam, ein paar Meter den Rinnstein hinunter. Passanten waren stehen geblieben. Ein Streifenwagen der Polizei fuhr an den Bordstein heran. Die Beamten hatten eigentlich vor, dem Gestürzten zu helfen. Aber der stand nun schon wieder, warf nochmal einen Blick nach seiner Waffe, beschloss dann aber, sich aus dem Staub zu machen. So schnell er konnte, rannte er in eine Seitenstraße hinein und war Sekunden später verschwunden. Der

Gemüsemann deutete auf die Pistole im Rinnstein und sagte zu den Beamten: «Die hat er verloren.» Einer der Polizisten hob die Waffe auf, und man konnte ihm ansehen, dass er sich auf das alles keinen Reim machen konnte.

Bienzle hatte die kleine Szene aus dem Taxi heraus beobachtet. Aber sie hatte ihn nicht beruhigt. Wer auch immer den Mann mit der Pistole geschickt hatte, verließ sich garantiert nicht auf diesen einen Versuch.

In der hohen, weiten Halle des Tempelhofer Flughafens wirkten die wenigen Menschen klein und verloren. Bienzle erinnerte sich an ein Bild, das er einmal gesehen hatte: In einer Halle, die in der DDR gebaut worden war, um Flugzeuge zu reparieren, war eine Fabrikation für Nähmaschinen eingerichtet worden, weil das Zentrum für die Flugzeugreparaturen dann doch in die damalige Sowjetunion verlegt worden war. In der dreißig Meter hohen Halle hatten die Arbeiter wie kleine Ameisen gewirkt.

Er hatte noch etwas Zeit, bis seine Maschine ging. Rechts vom Durchgang zu den Flugsteigen befand sich ein kleines Café. Ein paar Tische und Stühle aus Korbgeflecht standen zwischen massigen Vierkantsäulen davor. Bienzle holte sich an der Theke einen Kaffee und ließ sich auf einem der Rattansessel nieder. Von hier aus konnte er einen Großteil der Halle, aber auch den Zugang zu den Warteräumen überblicken. Es war kühl hier. Von der drückenden Schwüle draußen war nichts zu spüren.

Auf einem der Stühle lag eine herrenlose Zeitung. Bienzle schlug sie auf. Die Entscheidung für die Waffenlieferung wurde nur kurz gemeldet. Aber die Redaktion hatte einen umfassenden Hintergrundbericht ins Blatt gestellt. Überrascht las Bienzle, dass die Regierung im vorausgegangenen Jahr Einzelausfuhrgenehmigungen für Kriegswaffen im Wert von über 3 Milliarden Euro erteilt hatte. Zudem wurde über einen deutlichen Anstieg von Sammelausfuhrgenehmigungen berichtet. Sie wurden im Rahmen von Kooperationen für einen Zeitraum von zwei Jahren erteilt. Dem Artikel war zu entnehmen, dass die Bundesrepublik Deutschland in einer Größenordnung von mindestens 8 Milliarden Euro pro Jahr mit Waffen handelte: U-Boote für Israel, Kampfhubschrauber für Südkorea, Spürpanzer für die arabischen Länder, Kriegsgerät aller Art für Chile, Litauen, Estland und Thailand, Kampfschiffe für Ecuador, nukleare/chemische Warnsysteme für Brasilien, Torpedos für Peru … Die Liste war lang.

Immer wieder senkte Bienzle die Zeitung, hinter der er sich geschickt versteckt hatte, um das Terrain zu sondieren. Bislang war ihm keine Gefahrenquelle aufgefallen. Er schaute auf die Uhr. Langsam wurde es Zeit, sich zu seinem Flugzeug zu begeben. Er faltete die Zeitung und legte sie auf den Stuhl zurück.

Er durchschritt die Kontrolle am Eingang zu den Flugsteigen und stellte seine Tasche auf die Rollen des Durchleuchtungsgerätes. So groß die Halle war, so klein und bescheiden wirkten die Flugsteige, die in einem langen, schmalen Gang ineinander übergingen. Hier wirkte alles klein und familiär und glich eher einem Busbahnhof als einem Airport.

Eine Bodenstewardess erschien und rief: «Die Passagiere nach Friedrichshafen!» Es waren keine zwanzig. Bienzle prüfte jeden einzelnen mit kritischem Blick und verließ als Letzter das Gebäude. Er stieg die Treppen zum Flugfeld hinab. Noch einmal sprang ihn die Berliner Sommerhitze an. Hinter dem Tower stand schon wieder eine Gewitterwand. Aber sie verdeckte die Sonne noch nicht.

Die Maschine, eine Fokker Friendship, stand nur vierzig Meter entfernt. Man konnte sie zu Fuß erreichen. Ein Mitarbeiter der Fluggesellschaft bat die Passagiere, ihr Gepäck neben dem Flugzeug abzustellen. Von dort sollte es in den Gepäckraum der Maschine verladen werden.

Bienzle drehte sich um. Routiniert suchte sein Blick die Fassade des Flughafengebäudes ab. Und da sah er einen Sonnenstrahl aufblitzen. Er kniff die Augen zusammen. Erneut nahm er den Reflex eines Sonnenstrahls war. Was sich da über den Dachrand des Gebäudes schob, war ein Gewehrlauf.

Bienzle blickte sich um. Er stand mitten im Pulk der Fluggäste. Die ersten stiegen bereits ein. Blitzschnell zog er sein Handy heraus und wählte die 110. Während er sprach, beschlich ihn das bange Gefühl, der Kollege am anderen Ende könnte ihn für einen jener Spinner halten, die Polizeizentralen in aller Welt mit ihren Phantasien nerven. Aber er wusste auch: Jedem Anruf musste nachgegangen werden. «Bitte verständigen Sie die Kollegen von der Flughafenpolizei. Der Schütze liegt auf dem Flachdach des Vorbaus zwischen dem vierten und dem fünften Scheinwerfer.» Er schaltete das Gerät ab und verwickelte den Mitarbeiter, der das Gepäck im Bauch des Fliegers verstaute, in ein Gespräch. «Es tut mir ja saumäßig Leid, aber ich hab was ganz Wichtiges in meiner Reisetasche, was ich noch rausnehmen muss.»

«Det fällt Ihnen jetzt ein?»

«Ich sag doch, es tut mir Leid. Aber es sind Kreislauftabletten, und wenn ich die nicht greifbar habe...»

Hinter ihm sagte ein Passagier: «Also das glaubst du doch nicht. Wenn man schon auf Tabletten angewiesen ist, dann trägt man die doch bei sich!»

Bei den anderen Fluggästen herrschte Einmütigkeit darüber, dass der Mann Recht hatte. Bienzle fühlte sich ziemlich alleine. Umständlich fingerte er aus seinem Waschbeutel ein paar Vitamintabletten heraus und schob sie in seine äußere Jackentasche. Inzwischen waren fast alle Gepäckstücke eingeladen. Der Ring um Bienzle wurde lichter. Die Passagiere stiegen nach und nach ein. Immer wieder warf der Stuttgarter Kommissar einen Blick zu dem Flachdach hinüber. Wenn sich die nächsten zwei Fluggäste aus dem Pulk lösten und die Treppe hinaufstiegen, hatte der Kerl dort oben freies Schussfeld. Für Bienzle gab es keinen Zweifel, dass die Gewehrmündung auf ihn gerichtet war.

Der Gepäckmann riss Bienzles Reisetasche an sich und warf sie rüde in den Gepäckraum. Die beiden Fluggäste wandten sich der Treppe zu. Bienzle sprang geduckt unter die Maschine, warf sich auf den Boden, rollte sich um die eigene Achse, stieß mit dem Kopf gegen einen der Reifen, und dann pfiffen ihm auch schon die beiden ersten Geschosse um den Kopf, prallten auf dem Asphalt ab und suchten sich als Querschläger ihren Weg. Mit einem hellen Pinggg prallte eine der Kugeln gegen das Fahrwerk. «Verdammt, da wird doch geschossen», schrie einer der Passagiere entsetzt.

Bienzle robbte hinter die Räder der Maschine. «Und das in mei'm Alter», räsonierte er. Aber dann folgte nur noch ein Schuss. Die Kugel blieb im weichen Teer der Rollbahn unter der Maschine stecken. Bienzle schob sich auf den Ellbogen nach vorne und spähte um die Reifenkante. Auf dem Dach standen zwei Polizisten und hatten ihre Waffen auf einen Mann gerichtet, der auf dem Flachdach kniete und beide Arme hob. Bienzle hätte eine Menge darum gegeben, wenn er jetzt ein Fernglas gehabt hätte.

In diesem Augenblick näherten sich auch bereits Fahrzeuge der Polizei und der Feuerwehr.

Bienzle klopfte seine Kleider ab. Die Hose war versaut. Unter der Maschine war der Asphalt in der Hitze geschmolzen und hatte nun schmutzige braunschwarze Flecken hinterlassen.

Bienzle wies sich gegenüber dem Einsatzleiter aus und sagte: «Der Anschlag hat vermutlich mir gegolten.»

Der Beamte sah ihn an, als ob er ihn für einen Hochstapler hielte. Aber er trat rasch zur Seite, als Bienzle entschlossen losmarschierte.

In der Halle kam ihm ein junger uniformierter Polizist entgegen. «Kommissar Bienzle? – Ich geh am besten voraus.» Sie gelangten in einen kahlen langen Gang, der sich bis an den Horizont zu erstrecken schien. Nach etwa zwanzig Metern führte sie eine Treppe links zum nächsten Stockwerk hinauf. Bienzle atmete schwer. Der Schweiß stand ihm auf der Stirn. Er verlangsamte seine Schritte. Eine undefinierbare Angst erfasste ihn plötzlich. Ohne zu ahnen, was ihm bevorstand, fürchtete er sich davor.

Im ersten Stock erreichten sie wieder einen Korridor, der dem unteren exakt entsprach. Der junge Beamte ging voraus, klopfte an eine der vielen Türen, stieß sie auf und verharrte auf der Schwelle. Er sah Bienzle entgegen, dessen Schritte immer langsamer wurden.

«Hier rein, bitte!» Noch einmal zögerte der Kommissar. Er bekam kaum Luft. Kalter Schweiß stand auf seiner Stirn. Er war nahe daran, umzukehren, aber dann gab er sich doch einen Ruck und trat in den Raum.

Auf einem Stuhl mitten im Zimmer saß Norbert Maletzke, in Handschellen gefesselt.

«Norbert?» Bienzle erfasste ein Schwindel. Er wandte

sich an die Kollegen. «Können Sie uns ein paar Augenblicke alleine lassen?»

Zögernd gingen die Beamten hinaus. Als der letzte die Tür hinter sich zugedrückt hatte, zog Bienzle einen Stuhl heran und setzte sich Maletzke gegenüber. Maletzke saß da wie immer: die Unterarme auf die Oberschenkel gelegt, die Ellbogen weit ausgestellt, den mächtigen Kopf leicht zwischen die Schulterblätter gezogen. Man glaubte ihm alles: dass er im Chor sang, zu Hause eine Frau hatte, an die er sich anlehnen konnte, wenn's ihm wieder mal dreckig ging; dass er gerne gute Bücher las und an freien Tagen durch die Brandenburger Ebenen wanderte.

«Aber warum?», fragte Bienzle und verbesserte sich dann gleich: «Für wen tust du so was?»

«Für mich!»

«Und deine Frau?»

«Die hat mich schon vor drei Jahren verlassen. Das sei kein Leben, hat sie gesagt. Aber ich bin fürs Alleineleben nicht geschaffen, Bienzle.»

«Und der Motettenchor?»

«Da hab ich früher mal gesungen. Er ist mir wieder eingefallen, als du mit mir am Abend ein Bier trinken gehen wolltest.»

«Und wo warst du wirklich?»

«Bei Saskia Seyboldt.»

Bienzle starrte Maletzke an. Eigentlich hatte er es ja gewusst, seitdem er in diesen Raum getreten war und Maletzke in Handschellen gesehen hatte. Aber alles in ihm sträubte sich, es zu glauben. Er ging zum Fenster, riss es auf, wollte endlich durchatmen, aber es kam nur ein Schwall schwüler Luft herein. Die Hitze schimmerte über dem Asphalt. Die Maschine nach Friedrichshafen stand noch immer an ihrem Platz. Beamte der Spurensicherung untersuchten den Rumpf. Die Passagiere stiegen aus und gingen in das Abfertigungsgebäude zurück.

Bienzle spürte, wie unter seinen Kleidern am ganzen Körper der Schweiß herunterlief. Zwischen seinen Schulterblättern bildete sich langsam ein See. Ohne sich umzudrehen sagte er: «Du hast für Saskia Seyboldt gearbeitet?»

«Zuerst für Stefan Seyboldt und Serkiniadse.»

«Und dann, als Seyboldt tot war?»

«Hab ich dasselbe für Serkiniadse und Saskia Seyboldt gemacht, und dann», fuhr Maletzke fort, um Bienzles Frage abzufangen, «nur noch für Saskia.»

«Hast du Michail Polnikow erschossen?»

«Nein, damit hatte ich nichts zu tun. Serkiniadse war zu dem Ergebnis gekommen, dass man die beiden – Polnikow und Seyboldt – trennen müsse. Gemeinsam waren die zwei so stark, dass niemand gegen sie ankam. Und sie hielten zusammen wie Pech und Schwefel.»

«Also haben Saskia Seyboldt und Serkiniadse diesen Mord geplant, um Seyboldt zu isolieren, oder was?»

«Ja.»

«Und was ist mit dem Mord an Seyboldt?»

«Es war Serkiniadse gelungen, den jungen Polnikow davon zu überzeugen, dass Stefan Seyboldt seinen Bruder auf dem Gewissen hatte. Serkiniadse hat Ismail regelrecht gegen ihn aufgehetzt.»

«Und Saskia war immer eingeweiht?»

«Nehme ich an.»

Bienzle massierte seine Schläfen mit beiden Zeigefingern. Er wäre am liebsten einfach hinausgegangen, zum Bahnhof Zoo gefahren und in den nächsten ICE nach Stuttgart gestiegen. Aber er funktionierte auch noch in so einer Situation. Für einen Augenblick wusste er freilich nicht, wie er weitermachen sollte.

«Ich wollte dich nicht treffen», sagte Maletzke plötzlich.

«Ja, das kam mir allerdings auch so vor.»

«Es musste nur verhindert werden, dass du da runter an den Bodensee fliegst.»

«Ist Saskia auf dem Weg dorthin?»

«Ja. Ich denke, sie will auch Serkiniadse treffen, obwohl sie wissen muss, wie gefährlich das für sie werden kann. Sicher ist sie bereit, auf seine Forderungen einzugehen.»

Bienzle ging wieder zum Fenster und blickte hinaus. Die Ersatzmaschine nach Friedrichshafen stand noch immer nicht bereit.

Maletzke lachte unvermittelt auf. «In ein paar Monaten wollte ich in diesem wunderschönen Haus in Spanien sein, und stattdessen lande ich im Knast.»

«Ja, du hast dich verrechnet.»

«Und sie wird garantiert nicht auf mich warten», sagte Maletzke mehr zu sich selbst als zu seinem Kollegen.

«Wer, Saskia?»

Maletzke schüttelte den Kopf. «Saskia!», er spuckte den Namen förmlich aus. «Die liebt nur einen Menschen: sich selbst.»

Bienzle, der noch immer mit dem Rücken zum Raum am Fenster stand, fuhr herum. «Von welcher Frau redest du dann?»

«Das werde ich dir nicht sagen. Sie hat nicht wirklich etwas mit all den Dingen zu tun.»

Wie ein Blitz schoss es Bienzle durch den Kopf: «Henriette Kimmich?»

Maletzke sah ihn an. Er sagte nichts, er nickte nicht, aber Bienzle wusste, dass er ins Schwarze getroffen hatte. Es war eine irrationale Situation. Sie redeten miteinander, als säßen sie sich noch immer in ihrem viel zu engen Büro gegenüber. Und die Atmosphäre war fast so vertraut wie in den Tagen zuvor. Bienzle musste sich klar machen: ‹Ich verhöre diesen Mann, der einer ganzen Reihe schwerer Straftaten verdächtig ist.› Er setzte sich wieder.

«Sie hat die Verbindung zwischen dir und Serkiniadse hergestellt?»

Maletzke sah Bienzle überrascht an. «Ja. Ich hab sie ganz zufällig getroffen …»

«Von wegen zufällig!»

«Doch. Es war bei einem Konzert in der Philharmonie. Sie saß neben mir. Wir sind danach noch was trinken gegangen.»

«Bist du so naiv oder tust du nur so? Bei diesen Leuten ist nie etwas zufällig. Bei der schönen Frau Kimmich schon gar nicht.»

«Gut», Maletzke wand sich, «am Anfang mag es Berechnung gewesen sein, aber dann …»

«Du hast dich in sie verliebt.»

«O ja!», sagte Maletzke mit einem gewissen Pathos.

‹Armer Kerl›, schoss es Bienzle durch den Kopf, aber er sagte es nicht. Stattdessen fuhr er in seinem Verhör fort: «Und warum musste der junge Polnikow sterben?»

«Weil er von seinem Bruder offenbar Dinge erfahren hatte, von denen Saskia geglaubt hatte, nur sie wisse sie.»

«Er kannte also den Ort, wo das neue elektronische Leitsystem samt den Konstruktionsunterlagen versteckt ist?»

Maletzke nickte. «Hättest du bloß nicht gesagt, dass du es auch weißt.»

«Du hättest es ja für dich behalten können», sagte Bienzle.

«Ja», sagte er schlicht.

«Und warum hast du's nicht getan? Du hast es brühwarm Saskia Seyboldt erzählt, und die hat gesagt: Sorg dafür ...»

«Wir sind nicht per du», fuhr Maletzke dazwischen.

Bienzle verbesserte sich, ohne mit der Wimper zu zucken: «Sorgen Sie dafür, dass dieser Bienzle aus dem Verkehr gezogen wird.»

Maletzke nickte nur.

«Und du machst das dann – brav wie ein gut dressierter Hund!»

«Ich hatte meinen Traum, verstehst du, Tag und Nacht hab ich an nichts anderes mehr gedacht!»

«Träume haben wir alle, aber deshalb wechseln wir noch lange nicht die Seiten. Warum ausgerechnet du, Norbert? Um Gottes willen, warum?»

«Als meine Frau weg war, kam mir mit einem Mal alles so sinnlos vor. Und da hab ich mir gesagt: So, jetzt bist du auch mal dran! Ich wollte ans große Geld. Ich habe mir schon ein Haus in Spanien ausgesucht. Ich wollte leben. Anders leben. In einer schönen Umgebung mit einer Frau, die ich liebe. Meine Frühpensionierung hab ich schon beantragt. Ich wollte ... ja, ich wollte das Leben endlich auch einmal genießen. Ich konnte das graue Polizeigebäude nicht mehr sehen, mein Büro, meinen Schreibtisch. Ich kann keine Leichen mehr sehen. Ich kann die Lügen der Verbrecher und der Zeugen nicht mehr hören ...» Er unterbrach sich. Und dann kam es kläglich wie von einem kleinen, ängstlichen Kind. «Bienzle, hilf mir!»

Bienzle ging zur Tür und sah nochmal auf seinen Kollegen zurück. Eine maßlose Trauer erfasste ihn. Dann sagte er: «Ich kann dir nicht helfen, Norbert. Ich nicht!»

Er verließ das Zimmer.

Als er die Halle wieder durchschritt, fiel ihm ein, dass er vergessen hatte, Norbert Maletzke nach dem Abgeordneten Seliger zu fragen. Aber er war zu erschöpft, um nochmal umzukehren.

Die Passagiere hatten bereits in der Ersatzmaschine, ebenfalls eine Fokker Friendship, Platz genommen. Bienzle stieg als Letzter ein. Er hatte einen Platz in der ersten Reihe. Der Sitz neben ihm blieb leer. Bevor er sich setzte, ließ er seinen Blick über die wenigen Mitreisenden gleiten. Viele starrten ihn feindselig an. Manche redeten leise und dennoch aufgebracht über ihn. Er war ja der Schuldige für die Startverzögerung. Bienzle konnte ihren Zorn verstehen. Das waren durch die Bank Geschäftsleute. Jeder von denen hatte bestimmt wichtige Termine. Für solche Leute war Zeit immer Geld. Keine einzige Frau war darunter. So sehr viel hatte sich wohl doch nicht verändert in der letzten Zeit.

Die Maschine hatte ihre Flughöhe noch nicht erreicht, da war Bienzle schon eingeschlafen. Er kam erst wieder zu sich, als jemand heftig an seiner Schulter rüttelte. «Bitte, schnallen Sie sich an, wir müssen gleich durch ein Gewitter», sagte die Stewardess. «Leider können wir das Unwetter nicht umfliegen.»

Bienzle machte den Gurt fest und schloss die Augen wieder, um weiterzuschlafen. Aber da stürzte das Flugzeug schon unkontrolliert in die Tiefe. Bienzle klammerte sich an den Armlehnen fest. Sein ganzer Körper verkrampfte sich. Augenblicke später wurde die Maschine mit ungeheurer Gewalt nach oben gerissen. Bienzle starrte aus dem Fenster. So etwas hatte er noch nie gesehen. Dunkle Türme mit unförmigen Wülsten bauten sich auf, dazwischen fuhren grellweiße Wolkenfahnen mit ausgefransten Rändern über den Himmel. Voraus baute sich eine tiefschwarze Wand auf. Das Flugzeug torkelte scheinbar führerlos durch die Luft. In diesem Inferno konnte kein Pilot der Welt eine Maschine auf Kurs halten. Das Flugzeug war jetzt zum Spielball der Elemente geworden – wie ein Herbstblatt wurde es von den Sturmböen herumgewirbelt. Die Passagiere schrien vor Angst. Die Luft füllte sich mit dem süßsauren Geruch von Erbrochenem. Zwischendurch schienen die Flugzeugmotoren zu verstummen, dann röhrten sie wieder auf, als sammelten sie noch einmal all ihre Kräfte, um die Maschine doch noch auf Kurs zu bringen. Rundherum zuckten Blitze. Die Tragflächen schwangen auf und nieder. Es sah aus, als könnten sie jeden Moment abbrechen.

Bienzle floss der Schweiß in die Augen. Erstaunt registrierte er, dass seine Kopfschmerzen verschwunden waren. Eine neue Böe ergriff das Flugzeug, warf es auf die Seite. Es schmierte über die rechte Tragfläche ab und raste auf die Erde zu. Die Angstschreie der Passagiere überschlugen sich. Da wurde der Flieger wie von einer riesigen Faust gepackt und nach oben gerissen.

Und dann, mit einem Mal, lag das Flugzeug wie ein Brett in der Luft. Helles Licht strömte durch die Fenster. Die Motoren brummten gleichmäßig. Das Gewitter lag hinter ihnen. Die Stewardess, die mit dem Gesicht zu den Passagieren angeschnallt auf ihrem Sitz gesessen hatte, machte den Gurt los und erhob sich. Es war vorbei.

Bienzle wagte nicht, sich umzudrehen. Alle würden ihm die Schuld geben. Hätten sie pünktlich starten können, wären sie dem Gewitter entgangen. Aber die Passagiere beachteten ihn gar nicht. «Ich hab ja schon viel erlebt», tönte einer, «aber so etwas noch nicht.»

«Das glaubt mir ja kein Schwein, wenn ich das erzähle», rief ein anderer.

«Ein phantastisches Erlebnis!», kam es von einem Dritten. Jetzt waren sie alle Helden. Die Stewardess sammelte die Tüten ein und verteilte Erfrischungstücher. «Bringen Sie mir einen Schnaps, junge Frau», rief einer der Fluggäste aufgeräumt, und die meisten anderen schlossen sich an.

Zwanzig Minuten später landete die Fokker Friendship auf dem Airport Friedrichshafen. Als Bienzle sich durch die niedrige Tür schob und die wenigen Stufen zur Landebahn hinunterstieg, sah er Gächter. Der Kollege lehnte an einem Polizeifahrzeug, hatte eine glimmende Zigarette im linken Mundwinkel und beide Hände in den Hosentaschen. Er musterte Bienzle von oben bis unten. «Wie siehst du denn aus?» Und Bienzle tat etwas, was ihm in ihrer bald zwanzigjährigen Freundschaft noch nie eingefallen war. Er warf Gächter beide Arme um den Nacken und drückte den Kollegen eng an sich.

«Hoppla», sagte der nur und fühlte sich ganz offensichtlich nicht wohl dabei. Er tätschelte Bienzle wie einen Hund. «Wir fahren jetzt erst mal ins Hotel.»

«Nein, warte, ich muss doch …»

«Du musst gar nichts. Wir haben das ‹Gütle› des seligen Herrn Seyboldt gefunden. Es wird rund um die Uhr observiert. Das Elternhaus der Saskia Seyboldt, geborene Siebeneicher, in Furtwagen haben wir eh unter Kontrolle, seitdem die Kinder entführt worden sind. Du fährst jetzt mit mir in den *Wilden Mann,* isst einen Rostbraten mit Spätzle oder von mir aus auch Gaisburger Marsch und trinkst einen guten Wein.»

Bienzle atmete kräftig durch. Erst jetzt sah er sich richtig um. Die Luft war klar, der Bodensee schimmerte in dunklem Blau. Die Temperaturen lagen mindestens zehn Grad unter denen in Berlin. Hinter den sanft geschwungenen Hügeln der Seeufer stiegen die Berge der Alpen in den Himmel, von deren Gipfel noch immer der Schnee herüberleuchtete. Bienzle war es, als fiele eine zentnerschwere Last von seinen Schultern.

Später im *Gasthof zum Wilden Mann* entschied er sich dann für einen Wurstsalat, trank zuerst ein Bier und danach einen 1999er Elmendinger Keulenbuckel Schwarzriesling vom Weingut Claus Bischoff, dessen wohl tuende Wirkung sich rasch in seinem ganzen Körper ausbreitete. Es stimmte schon, die Badener machten einen besonders guten Wein.

Zu Gächter sagte er: «Du rauchst zu viel!»

Der winkte ab und sagte: «Wenn der Kollege in Berlin besser gezielt hätte, könntest du mich nicht mehr damit nerven.»

«Er hat gezielt daneben geschossen.»

«Ja, das ist dein Glück, Bienzle. Dich mögen die Leute zu sehr!»

Neunter Tag

Bienzle hatte durchgeschlafen. Als er zu sich kam, spürte er seinen Körper müde und schwer, und doch fühlte er zugleich eine tiefe Entspannung. Am liebsten hätte er sich einfach umgedreht, um weiterzuschlafen. Aber er zwang sich dann doch aufzustehen.

Gefrühstückt wurde in der Gastwirtschaft. Die Wirtin weigerte sich schon seit Jahren standhaft, ein Buffet aufzubauen. Der Gast kriegte, was er bestellte, und sie selbst servierte es ihm. Die Frau war bald achtzig. Irgendwann würde sie den Gasthof ihrer Tochter überlassen, und dann konnte die ja alles neu machen.

Gächter bat um einen Joghurt pur und einen Löffel Honig dazu. Bienzle bestellte Rühreier mit Speck, zwei Laugenwecken, Butter und Käse. Der Tag wäre für ihn gerettet gewesen, als ihm auf dem Käseteller ein Weißlacker direkt aus einer kleinen Allgäuer Käserei serviert wurde. Aber noch war er ja mitten in seinen Ermittlungen, und er spürte, dass er in der Situation eines 5000-Meter-Läufers war, der gerade zum letzten Mal die Kurve in die Zielgerade durchlief – eine Situation, die er nur zu gut kannte. Sein Herzschlag war dann schneller, und er spürte ihn in der Halsschlagader, was sonst nicht der Fall war. Er atmete kürzer, sein Körper war angespannt. Während er redete, dachte er immer schon zwei, drei Schritte voraus.

Gächter, der Bienzle besser kannte als jeder andere (Hannelore natürlich ausgenommen), betrachtete den Kollegen mit einem stillen Lächeln. In diesen Situationen überließ er ihm stets das Gesetz des Handelns. Wenn Bienzle so unter Strom stand, war absolut Verlass auf ihn.

Auf neun Uhr hatten sie die Durchsuchung des ‹Gütles› von Stefan Seyboldt angesetzt. Die richterliche Anordnung dafür war erstaunlich schnell erlassen worden.

Die Fahrt ging über eine schmale Landesstraße, die sich in engen Kurven durch die Hügellandschaft des Bodenseeufers schlängelte, Richtung Bodman. Obstplantagen und Weinberge wechselten sich links und rechts der Fahrbahn ab. Über dem See, der immer wieder ins Blickfeld kam, lag ein dunstiges, weiches Licht. Heute waren die Berge der Alpen nicht zu sehen. Links kam die Blumeninsel Mainau in Sicht. Dahinter sah man am jenseitigen Ufer, auf dem Hügel hinter Konstanz, die Gebäude der Universität, überragt von einem hässlichen, viereckigen Turm.

Kurz darauf passierten sie Überlingen und danach die Zufahrt zur Insel Reichenau.

Bodman lag ruhig da. Sie erreichten den Ortseingang. Bauern hatten hier Stände mit Bodenseeobst aufgebaut. Bienzle fragte sich, ob sie die Äpfel und Birnen nachts reinräumten oder einfach nur mit einer Plane abdeckten. Er konnte sich nicht vorstellen, dass hier geklaut wurde. Als er das zu Gächter sagte, konnte der nur den Kopf schütteln. «Als ob die Menschen hier besser wären.»

Bienzle antwortete: «Könnt ja auch sein, dass sie sich nur weniger trauen.»

Rechts lag das Schloss der Grafen von Bodman. Es sah nicht besonders imponierend aus. Im Rheingau oder an der Mosel hatte mancher Winzer einen stolzeren Familiensitz.

Sie stellten ihr Fahrzeug an der Kirche ab. Gächter wusste, dass sie Richtung Marienschlucht gehen mussten, und er war nicht überrascht, als Bienzle sagte, er kenne den Weg. Niemand vermute hier in dieser sanften Landschaft den tief eingegrabenen Canyon, den man nur auf gesicherten und künstlich befestigten Wegen, Treppen und Steigen begehen könne. Gächter, der Natur für einen Luxus der Reichen hielt, schob sich eine Zigarette zwischen die Lippen und sagte: «Wie gut, dass ich mir so was nicht antun muss.»

Für Bienzles Geschmack trafen nach und nach viel zu viele Polizeikräfte ein. Und den Einsatz des Hubschraubers, der ungefähr fünfhundert Meter über ihnen in der Luft stand, hielt er schlicht für übertrieben.

Sie gingen über die Dorfstraße aus dem Ort hinaus. Der Weg führte dicht am Bodenseeufer entlang, das links von ihnen lag. Rechts reihten sich Obstbaumwiesen und Weinberge aneinander. Eigentlich hätte man «Weingärten» sagen müssen; denn die stiegen nur unmerklich nach oben an. Erst hinter den Rebenreihen wurde das Gelände plötzlich steil und ging in einen schroffen, fast senkrechten, gleichwohl bewaldeten Felsenhang über.

Bienzle ertappte sich dabei, dass er sich ausmalte, wie er demnächst mit Hannelore hier endlich einmal wieder eine gemeinsame Wanderung unternehmen würde. Von Stuttgart erreichte man die Gegend mit dem Auto in weniger als zwei Stunden. Er ließ sich etwas zurückfallen, zog sein Handy aus der Hosentasche und wählte seine eigene Nummer. Hannelore meldete sich nicht. Es gab tausend gute Gründe dafür. Bienzle fielen nur die wenigen schlechten ein.

Nach etwa siebenhundert Metern ging ein schmaler Weg

nach rechts steil und gerade zum Waldhang hinauf. Die Beamten verteilten sich, und schon bald sah es so aus, als wären Bienzle und Gächter alleine unterwegs, sie wirkten wie zwei Wanderer, die es sich leisten konnten, mitten in der Woche hier durch die Landschaft zu streifen.

«Ich habe vorgestern zufällig Hannelore getroffen», sagte Gächter beiläufig.

«Aha. Und wo?»

«Im *Café Königs*.»

«Allein?»

«Nein.»

«Mit wem?»

«Mit einem gewissen Patrick Leotat. Offenbar ein Studienkollege von ihr.»

Bienzle blieb stehen. «Nein!»

«Doch. Netter Kerl. Kunstkritiker, glaube ich, aber er sagt, er dilettiere selber auch als Maler. Ich hab mir verkniffen, ihn zu fragen, auf welchen Gebieten er noch dilettiere. Ich dachte, ich sollte dir das erzählen.»

«Hättst damit ned no a bissle warte könne?»

«Ich würde mir an deiner Stelle nichts dabei denken.» Nun war auch Gächter stehen geblieben. «Auf die Dauer wird der dir nicht gefährlich.»

«Auf kurz wär au scho z'lang», sagte Bienzle finster.

Gächter fiel dazu nichts mehr ein. Er marschierte wieder los, und es war für Bienzle schon verwunderlich, wie ein so untrainierter Mann so schnell und kraftvoll ausschreiten konnte. Vielleicht lag es daran, dass Gächter trotz seiner Länge nur knapp siebzig Kilo mit sich herumzutragen hatte.

Das kleine Grundstück, knappe hundert Meter lang und kaum dreißig Meter breit, lag noch im sanften Teil der Steigung. Ganz hinten, kurz bevor das Gelände plötzlich steil anstieg, stand eine Holzhütte aus massiven Balken. Die Giebelseite schaute zum Tal hin. In der Mitte befand sich eine schmale Tür. Rechts und links waren zwei Fenster symmetrisch angeordnet. Die Läden waren geschlossen. Vor der Tür lag eine Eisenschiene, die an beiden Enden durch Vorhängeschlösser an Eisenlaschen gesichert war. Weit und breit war kein Mensch zu sehen. Und es wirkte wie schiere Ironie, dass gerade jetzt der Hubschrauber seine Höhe verminderte und das Geräusch seiner Rotorblätter anschwoll.

Bienzle war sich plötzlich sicher, dass sie an der falschen Stelle suchten. «Wir können umkehren», sagte er.

Gächter sah ihn verständnislos an.

«Wir müssen woanders suchen.»

«Okay», sagte Gächter, der sich – wie immer – darauf verließ, dass Bienzle auf der Zielgeraden Recht behielt. Es war ja ohnehin *sein* Finish.

Sie kehrten um, ohne Stefan Seyboldts «Gütle» betreten zu haben. Das Einsatzkommando «stürmte» die Hütte dennoch genau nach Plan und fand zwar eine für diese Art von Bleibe mehr als luxuriöse Einrichtung mit eigener Stromversorgung und allen Segnungen der modernen Technik, aber keinerlei Hinweise auf die Geschäfte des Besitzers oder seiner Nachfolger.

Der Bericht darüber erreichte Bienzle telefonisch, als er gerade das Landratsamt betrat.

In der Liegenschaftsabteilung traf Bienzle auf Frau Häussler. Sie hatte rotblonde Haare, die sie seit ihrem vierzehnten Lebensjahr erfolglos zu bändigen versuchte, einen viel zu schmalen Mund, ein vorspringendes Kinn und hungrige Augen. Wenigstens kamen Bienzle diese Augen so vor.

«Ja, der Herr Seyboldt ist hier Grundbesitzer», sagte sie, nachdem Bienzle ihrer Auskunftsfreude mit seinem Dienstausweis ein wenig nachgeholfen hatte.

«Er hat das Gütle in Bodman», sagte Bienzle, «und hat er sonst noch was?»

«Einen Liegeplatz in Konstanz-Staad. Da, wo auch die Meersburger Fähre ankommt. Das weiß ich allerdings nicht amtlich, sondern mehr so privat, und ich würd's Ihne bestimmt au ned sage, wenn Sie nicht auch Beamter wären.»

«Und woher wissen Sie, dass der Herr Seyboldt diesen Liegeplatz hat?»

«Mein Mann hat sein Boot net weit daneben liegen. Obwohl ich – sagen Sie's bitte net weiter, vor allem net meinem Mann …»

«Ich werd ihm ja wahrscheinlich nie begegnen», warf Bienzle ein.

«Mr weiß net, dr Teufel isch a Eichhörnle – also, obwohl ich ganz und gar gegen diesen Luxus bin. Wir sind ja schließlich keine Großbürger, net wahr?!» Frau Häussler fuhr sich mit den gespreizten Fingern in ihre rotblonde Lockenpracht und richtete sich auf ihrem Bürostuhl hoch auf. Sie wusste, sie hatte einen schönen Busen, und sie wusste auch, wie er am besten zur Geltung kam.

«Ist das, wo der Herr Seyboldt sein Boot hat, nur ein Liegeplatz, oder ist das mehr?», fragte Bienzle. Und weil er ein Menschenkenner war, fügte er bewundernd hinzu. «Sie habet aber amal a traumhafte Figur, wenn ich das beiläufig so sagen darf.»

Eine leichte Röte überzog Frau Häusslers strenges Gesicht. «Es ist der letzte Liegeplatz links, und es ist ein sehr schönes Bootshaus dabei.»

Bienzle verabschiedete sich mit dem Satz, den Ermittler

auf der ganzen Welt wohl am häufigsten verwenden: «Sie haben mir sehr geholfen.»

Gächter lehnte am Dienstwagen und rauchte, als Bienzle aus dem Gebäude herausgestürmt kam. «Los!», schrie er schon unter der Tür. «Wir müssen nach Konstanz!»

Gächter fuhr los. Bienzle erzählte ihm, was er von Frau Häussler erfahren hatte. Gächter trat voll auf die Bremse und fuhr an den Straßenrand.

«Was ist denn jetzt los?», fragte Bienzle.

«Du willst das doch wohl nicht im Alleingang machen?»

«Und was schlägst du vor?»

«Wir haben ein mobiles Einsatzkommando hier und eine halbe Hundertschaft Schutzpolizei.»

«Okay, wenn's brenzlig wird, alarmieren wir die!»

Gächter sah Bienzle von der Seite an. «Irgendwann geht das mal schief!»

«Ja, irgendwann, aber des muss ja nicht grad heute sein. Los, fahr jetzt!»

Gächter zuckte die Achseln. «Mit Blaulicht?», fragte er.

«Ja, logisch!»

Das Holzhaus am Ende des Anlegeplatzes hatte vielleicht einmal als Bootsschuppen angefangen, heute war es ein veritables, eingeschossiges Wochenendhaus mit einem verglasten Giebel im Oberstock und einer Terrasse, die weit in den See hinaus gebaut war.

Auf der Terrasse standen exquisite Gartenmöbel aus Teakholz. Auf der Bank, die hinter einem quadratischen Tisch an der Giebelwand des Hauses stand, saß Saskia Seyboldt. Sie trug knappe Shorts und ein Top, das den Bauchnabel frei ließ.

Eine elegante Jacht glitt auf den kleinen Sporthafen zu, an dessen linker Flanke das Seyboldt'sche Bootshaus stand.

Langsam hob Saskia ein Fernglas an die Augen. Am Steuer der Jacht erkannte sie Josef Serkiniadse. In spätestens zehn Minuten würde er hier anlegen.

Gächter fädelte sich hinter Markelfingen in die B33 ein. Allensbach ließen sie links liegen. Bienzle saß mit versteinertem Gesicht auf dem Beifahrersitz. Sein Kollege sah immer wieder zu ihm hinüber. «Warum soll sich Hannelore nicht mit einem alten Studienkollegen treffen?», fragte Gächter und bemühte sich dabei um einen leichten Ton.

«Serkiniadse wusste es auch», sagte Bienzle. «Offenbar hat er sie die ganze Zeit beobachten lassen.»

«Hast du sie darauf angesprochen?»

«Ja, aber da war ich stockbesoffen.»

«Du??»

«Ja, verdammt nochmal. So was kommt in den besten Familien vor.»

«Und, was hat Hannelore gesagt?»

«Sie hat so getan, als kenne sie keinen Patrick Leotat.»

«Also *den* Eindruck hatte ich nicht.» Gächter schob sich eine Zigarette zwischen die Lippen, zündete sie aber aus Rücksicht auf seinen Kollegen nicht an. Stattdessen deutete er mit dem Daumen nach hinten. «Ich hab vorhin den *Südkurier* durchgeblättert.»

Bienzle sah sich um. Die Zeitung lag auf dem Rücksitz. «Ja, und?»

«Der Abgeordnete Seliger stammt aus Litzelstetten.»

«Das liegt auf der anderen Seite vom Bodanrück. Er ist also hier aus der Gegend.»

Das Blaulicht verschaffte ihnen freie Fahrt. Gächter veränderte seine lässige Haltung nicht, obwohl er mit weit über 150 km/h durch die Landschaft raste. «Der Herr Abgeordnete hat hier auch seinen Wahlkreis», fuhr er fort. Zurzeit macht er ein paar Tage Urlaub hier, hält aber trotzdem Sprechstunden in seinem Bürgerbüro in Konstanz ab. Die Zeitung bringt ein Porträt über ihn. Demnach hat der das Zeug zum Außenminister!»

«Das kann ich nicht beurteilen», brummte Bienzle. «Du kannst dort vorne links. Wir fahren über Wollmatingen und Fürstenberg.»

Josef Serkiniadse stellte den Motor ab und ließ die Jacht geschickt auslaufen, sodass sie fast zum Stillstand gekommen war, als sie den Anlegesteg erreichte. Saskia rührte sich nicht von der Stelle. Sie hatte jetzt ihre rechte Hand unter ein Sitzkissen geschoben. Der Stahl der Smith & Wesson fühlte sich kühl an.

Mit einem elastischen Satz sprang Serkiniadse auf den Steg und machte das Seil fest. Er trug einen weißen Pulli, hellblaue Jeans und weiße Turnschuhe. Als er nun die drei Stufen zur Terrasse heraufstieg, lächelte er. «Hallo, Saskia!»

«Wo sind meine Kinder?»

«Denen geht es gut!»

«Wo sie sind, habe ich gefragt.»

Serkiniadse setzte sich unaufgefordert auf einen der Holzsessel. «Wir werden alles in Ruhe besprechen.»

Gächter und Bienzle erreichten die Ortsgrenze von Allmannsdorf. «Mach das Blaulicht aus», sagte Bienzle.

Gächter legte den Schalter um und holte das Blaulicht vom Dach.

«Links abbiegen!»

Gächter gehorchte. Der See kam in Sicht. Er war jetzt schon sehr nah.

Bienzle deutete auf einen schmalen geteerten Weg, der direkt zum Ufer führte. «Dort rein!»

«Bist du schon mal hier gewesen?»

«Ja, damals, als ich den Mord am Seestädter Theater aufgeklärt habe.»*

Gächter erinnerte sich. «Hast du eigentlich Hannelore von der Affäre mit dieser Schauspielerin, wie hieß sie gleich …?»

«Ursula Ralnik.»

«Hast du's ihr erzählt?»

«Anhalten», bellte Bienzle.

«Könnte ich einen Kaffee haben?», fragte Serkiniadse.

«Ich hab keine Hilfe hier», antwortete Saskia kühl.

«Und du bist nicht in der Lage …?»

«Wo sind meine Kinder?»

«Du bekommst sie sofort zurück, wenn ich den Prototyp und die Konstruktionsunterlagen habe. Und es eilt, Cinderella. Der Transport geht morgen von Kreuzlingen nach Zürich und wird dort in eine Transportmaschine verladen.»

«Und wenn ich dir die Unterlagen und den Prototyp nicht gebe?»

Serkiniadse atmete sichtlich erleichtert auf. «Du hast sie also tatsächlich?»

Saskias Augen weiteten sich. Er hatte es die ganze Zeit nicht gewusst. Serkiniadse hatte ihre Kinder entführt, nur um zu erfahren, ob sie die Baupläne und den Prototyp für

* *Ach wie gut, daß niemand weiß …* (1978), rororo 42446

das neue elektronische Waffensystem besaß. Was wäre geschehen, wenn sie's geleugnet hätte?

Bienzle und Gächter erreichten das Grundstück am See. Sie sahen die Jacht liegen. Vor dem Haus parkte ein Cabriolet mit Berliner Nummer. Dann hörten sie Stimmen von der Terrasse her. Verwundert beobachtete Bienzle, wie sich Gächter seiner Kleider entledigte. «Was hast du vor?», fragte er flüsternd.

«Siehst du 'ne andere Chance, näher ranzukommen, ohne auf uns aufmerksam zu machen?», fragte Gächter genauso leise zurück. Er hatte jetzt nur noch seine Unterhose an. Bienzle registrierte überrascht, dass sein Kollege Boxer-Shorts trug. Sie passten nicht zu ihm. Dazu war Gächters Körper zu dürr, fand Bienzle.

Gächter ließ sich ins Wasser und bewegte sich langsam schwimmend an der Längsseite des Holzhauses entlang. Als er die Stelle erreichte, wo die Terrasse an das Haus anschloss, schob er sich auf dem Rücken liegend unter die Bohlenbretter und zog sich Hand über Hand an den Querbalken weiter Richtung Steg. Jetzt konnte er die Stimmen hören. «Stefan hat Seliger eine Million bezahlt», hörte er eine weibliche Stimme.

«Ach, Seliger hat ihm das Zeug beschafft? Und dann hat er noch dafür gesorgt, dass der Export über die Bühne ging.» Das war eine männliche Stimme mit einem leicht fremdländischen Akzent.

«Ja, dafür erwartet er noch eine Million!»

«Für sich persönlich oder für seine Partei?»

«Was er mit dem Geld macht, ist seine Sache. Ich will nur sagen, der Deal kostet mich jetzt schon Millionen, und du denkst, du könntest mich darauf sitzen lassen.»

«Ja, das denke ich, Cinderella. An dem Tag, als du mich kalt abserviert hast, habe ich beschlossen, dass dich das teuer zu stehen kommen würde. Sehr teuer.»

Saskia hatte die ganze Zeit ihre Position nicht verändert. Jetzt schlug sie ihre langen Beine übereinander, warf den Kopf zurück und lachte. «Wenn du dich da mal nicht verrechnet hast.»

Serkiniadse lächelte überlegen. «Ich habe mich in meinem Leben noch nicht oft verrechnet.»

Hinter Saskia öffnete sich die Tür zum Haus. Seliger trat über die Schwelle.

«Diesmal sieht es aber ganz so aus!»

Gächter lag unbeweglich direkt unter den drei Menschen dort oben im Wasser. Die Kälte kroch in seine Glieder, und er spürte, dass er bald seine Lage verändern musste.

«Seliger! Wie kommen Sie denn hierher?»

«Das ist schließlich mein Wahlkreis. Und Sie gehen besser auf Saskias Bedingungen ein», sagte Seliger. «Ich kann den Waffentransport ohne große Probleme heute noch stoppen.»

«Das werden Sie nicht tun.»

«Warum nicht?»

«Weil ich weiß, dass Sie für den Tod Keuerlebers verantwortlich sind!»

Gächter verfluchte seine Situation. Er konnte nichts notieren, kein Band mitlaufen lassen. Nachher würde wieder alles von seiner Zeugenaussage abhängen. Er spürte ein Kribbeln in der Nase. Jetzt bloß nicht niesen!

Bienzle war eine Weile stehen geblieben. Aber er hatte nicht die Gelassenheit, einfach zu warten. Schließlich hatte er die Schuhe ausgezogen und war auf Zehenspitzen an der rechten Seite des Hauses nach vorne geschlichen.

Er erreichte die Ecke des Hauses und hörte als Erstes, wie Seliger sagte: «Ich bitte Sie, Serkiniadse. Ich habe mir in meiner ganzen Laufbahn noch nie mit so etwas die Finger schmutzig gemacht. Sie wissen genau, dass ich lediglich gesagt habe, es wäre politisch günstiger, wenn wir Keuerleber aus dem Verkehr ziehen. Wie Sie das gemacht haben, war Ihre Sache. Mir hätte es völlig genügt, wenn er aus Krankheitsgründen der entscheidenden Sitzung fern geblieben wäre oder, von mir aus, weil er in irgendeinem Fahrstuhl stecken geblieben wäre.»

«Ich will sofort meine Kinder wiederhaben», fuhr Saskia Seyboldt dazwischen.

«Kein Problem», Serkiniadse blieb bei seinem leichten Ton. «Ich tausche sie gegen das Waffensystem.»

«Gut», Seliger schien klein beizugeben. «Wo und wie?»

«Jetzt, hier. Sofort.»

«Du hast … du hast die Kinder auf deinem Boot?» Saskia sprang auf.

Jetzt sah Serkiniadse, dass sie eine Waffe in der Hand hatte. Er behielt die Ruhe. «Mach jetzt keinen Fehler, Saskia! Sie werden von einem meiner Leute bewacht, und wenn mir etwas geschieht, wird er sie sofort töten.»

Saskia ging wie in Trance auf die Kante der Terrasse zu. «Das will ich sehen», sagte sie. Serkiniadse blieb ruhig stehen. Saskia musste an ihm vorbei. Als sie auf seiner Höhe war, schlug er ihr die Waffe aus der Hand. Die Smith & Wesson fiel polternd auf die Dielen und trudelte auf den linken Terrassenrand zu. Saskia rief: «Mark! Amelie!!»

«Bleib hier», sagte Serkiniadse scharf.

«Ja, es ist besser so, Saskia!», rief Seliger. «Lass uns mit ihm verhandeln.»

Das war der Moment, in dem Bienzle auf Strümpfen um die Hausecke trat. «Da gibt's nix mehr zu verhandeln», sagte er. Serkiniadse fuhr herum. Alle starrten zu Bienzle hin. Und so sah niemand, außer dem Kommissar, wie sich Gächter an der Kante der Terrasse hochzog und nach Saskias Smith & Wesson griff, die dicht vor ihm auf den Bohlen lag.

Serkiniadse fasste nach hinten und zog unter seinem Pulli aus dem Hosenbund eine Waffe hervor. Er richtete sie auf Bienzle. Gächter schoss im gleichen Moment und traf den Georgier in die rechte Schulter. Der war nicht einmal mehr dazu gekommen, seine Pistole zu entsichern.

Bienzle stand unverändert da und hatte in beiden Händen einen Schuh.

Zehnter Tag

Sie waren gleich nach dem Frühstück losgefahren. Bienzle war den ganzen Morgen ausgesprochen schweigsam gewesen.

Tags zuvor war alles sehr schnell gegangen. Nachdem Gächter geschossen hatte und Serkiniadse verletzt zusammengebrochen war, hatte Bienzle seine Schuhe fallen lassen und seine Dienstwaffe aus dem Holster gezogen. Seltsamerweise hatte er in dem Moment nur gedacht: ‹Wie gut, dass Gächter niemand verraten wird, wie dilettantisch ich mich angestellt habe.› Saskia Seyboldt war auf das Schiff gerannt und hatte ihre beiden Kinder in die Arme geschlossen, die unter Deck eingesperrt und offenbar mit einem starken Beruhigungsmittel sediert worden waren.

Gächter war in das Haus gegangen, hatte sich ein Handtuch und einen geräumigen Bademantel geholt, der vermutlich einmal Stefan Seyboldt gehört hatte.

Starke Polizeikräfte trafen ein. Gächter gab zu Protokoll, was er – unter der Terrasse im Wasser liegend – gehört hatte. Seliger dementierte sofort routiniert.

Gächter zeigte sich davon nicht beeindruckt. «Es war völlig klar, dass der Abgeordnete Seliger früher mit Serkiniadse und danach mit Saskia Seyboldt unter einer Decke gesteckt hat.» Seliger brüllte dazwischen: «Gelogen, das ist alles gelogen. Das ist eine politische Intrige – der schäbige

Versuch, mir und meiner Partei einen Bestechungsskandal anzuhängen, an dem nichts, aber auch gar nichts Wahres dran ist!»

Schließlich sagte Bienzle: «Ich kann jedes Wort meines Kollegen Gächter bestätigen. Ich habe alles mitgehört.» Sollten ihm Seliger oder dessen Anwälte doch beweisen, dass dem nicht so war!

Das Lenksystem und die Konstruktionsunterlagen fanden sich in einem kleinen Geräteschuppen, der eingewachsen von einem dichten dornigen Schlehengebüsch im Garten hinter dem Bootshaus stand.

Serkiniadse wurde in ein Krankenhaus gebracht. Er hatte einen Steckschuss zwischen Schulter und Schultergelenk. Möglich, dass er den rechten Arm nie mehr würde gebrauchen können.

Gächter wollte auf die Autobahn Singen–Stuttgart, aber Bienzle überredete ihn, über Stockach, Engen, Tuttlingen, Rottweil und Tübingen zu fahren. «Du hast nur Angst vor zu Hause», maulte Gächter.

«Nein, ich will dir zeigen, wie schön's hier ist.»

Doch Gächter hatte keinen Blick für die Landschaft. Er kaute auf einem Zahnstocher herum, den er noch in seiner Jackentasche gefunden hatte. «Glaubst du, dass der Seliger das unbeschadet übersteht?»

«Nein, das glaub ich nicht. Die Richter haben ja Gott sei Dank schnell reagiert. Die Hausdurchsuchungen laufen wahrscheinlich schon am Bodensee und in Berlin. Die Kollegen werden Material genug finden.»

Bienzles Handy meldete sich. Neiberg war dran. Er hatte vom Fahndungserfolg der Kollegen Gächter und Bienzle gehört und gratulierte überschwänglich. Ganz zum Schluss sagte er noch betont beiläufig: «Übrigens, Maletzke hat sich erschossen. Mit der Waffe eines Kollegen, der ihn eigentlich hätt bewachen sollen.»

Bienzle schaltete das Telefon ab, ohne noch etwas zu sagen. Gächter sah zu ihm herüber. Unwillkürlich verlangsamte er das Tempo. «Sag mal, weinst du etwa?»

Bienzle nickte nur, aber er sagte bis Stuttgart kein Wort mehr.

Gächter verstand das. Sie waren wie zwei Männer am Seil, die eine Bergtour machen, stundenlang nicht miteinander reden und sich dennoch verstehen.

Vor seiner Wohnung stieg Bienzle aus Gächters Dienstwagen. «Danke!» Das war seit zwei Stunden sein erstes Wort.

«Ich hätte ja sowieso fahren müssen», gab Gächter zurück.

«Nicht dafür», sagte Bienzle, «dafür, dass du mir meine Ruhe gelassen hast.»

Gächter salutierte mit dem Zeigefinger an der Stirn, fuhr wieder los und war froh, sich endlich eine Zigarette anstecken zu können.

Bienzle stieg die Treppe hinauf. Seine Reisetasche kam ihm plötzlich ungewöhnlich schwer vor. Er klingelte.

Hannelore erschien in der Tür. «Hast du wieder mal deinen Schlüssel vermöhlt?»

«Ich hab denkt, ich klingel lieber. Man weiß ja nie.»

Hannelore nahm ihn in die Arme und küsste ihn. «Du meinst wegen Patrick?»

«Also doch», Bienzle machte sich von ihr los. «Ist er da?»

«Ja, aber wenn's dich beruhigt, seine Frau auch. Ich habe ihnen das Gästezimmer überlassen, solange du weg warst.»

«Und warum hast du so getan, als ob du keinen Leotat kennen würdest?»

«Hätt ich mit dir diskutieren sollen? In deinem Zustand?»

Sie gingen in die Wohnung hinein. Das Paar, das aus dem Gästezimmer kam, um den Hausherrn zu begrüßen, machte auf Bienzle einen sehr sympathischen Eindruck.

Wolf Haas

Wolf Haas wurde 1960 in Maria Alm am Steinernen Meer geboren. Nach Abschluß seines Linguistik-Studiums arbeitete er zwei Jahre als Uni-Lektor in Swansea (Südwales). Seit 1990 lebt er in Wien.
«Haas ist schlicht die Krimi-Entdeckung der letzten Jahre.» *Die Woche*

Auferstehung der Toten
(rororo 22831)
«Ein erstaunliches Debüt. Vielleicht der beste deutschsprachige Kriminalroman des Jahres.» *Frankfurter Rundschau*

Komm, süßer Tod
(rororo 22814)
Auf den Straßen von Wien bekämpfen sich die Rettungsdienste bis aufs Spenderblut. Nach dem Doppelmord an einem schmusenden Liebespaar tritt Ex-Polizist und Ex-Schnüffler Brenner auf den Plan: Hört die Konkurrenz den Funkverkehr der Kreuzretter ab? Das Buch zur Verfilmung des Erfolgskrimis.
Ausgezeichnet mit dem Deutschen Krimi-Preis 1999.
«Soviel Spaß, Weisheit und Spannung um einen wohlfeilen Preis, das gibt's normal gar nicht.» *Der Standard*

Der Knochenmann
(rororo 22832)
«... ein Muß für alle, die da süchtig sind nach vielversprechenden Talenten.»
Die Welt

Silentium!
(rororo 22830)
Der Salzburger Klerus beauftragt Privatdetektiv Brenner mit der Aufklärung eines Mordes in einem katholischen Jungeninternat.
«Komischer war der Krimi nie, intelligenter nur selten. Weshalb auch Thomas Bernhard sicher von irgendwoher zuschaut und sich totlacht.»
Die Woche

Ausgebremst
Der Krimi zur Formel 1
(rororo 22868)

«Im Grunde genommen liest sich zurzeit nichts so vergnüglich wie ein neuer Wolf Haas, außer natürlich ein alter Wolf Haas.» *Der Falter*

Wie die Tiere
224 Seiten. Gebunden
Der neue Roman um Killerhunde und Kampfmütter.

rororo

Weitere Informationen in der **Rowohlt Revue**, kostenlos in Ihrer Buchhandlung, und im Internet: **www.rororo.de**

3663/6